हिन्द पॉकेट बुक्स

रचनात्मक जीवन

डॉ० सर्वेपल्लि राधाकृष्णन् भारत के प्रथम उप-राष्ट्रपति (1952 - 1962) और द्वितीय राष्ट्रपति रहे। वे भारतीय संस्कृति के संवाहक, प्रख्यात शिक्षाविद, महान दार्शनिक, एक महान लेखक और एक आस्थावान हिन्दू विचारक थे। उनके इन्हीं गुणों के कारण सन् 1954 में भारत सरकार ने उन्हें सर्वोच्च सम्मान भारत रत्न से अलंकृत किया था। उनका जन्मदिन (5 सितम्बर) भारत में शिक्षक दिवस के रूप में मनाया जाता है।

रचनात्मक जीवन

डॉ॰ सर्वेपल्लि राधाकृष्णन्

हिन्द पॉकेट बुक्स
पेंगुइन रैंडम हाउस इम्प्रिंट

हिन्द पॉकेट बुक्स

यूएसए। कनाडा। यूके। आयरलैंड। ऑस्ट्रेलिया। सिंगापुर
न्यू ज़ीलैंड। भारत। दक्षिण अफ्रीका। चीन

हिन्द पॉकेट बुक्स, पेंगुइन रैंडम हाउस ग्रुप ऑफ़ कम्पनीज़ का हिस्सा है,
जिसका पता global.penguinrandomhouse.com पर मिलेगा

पेंगुइन रैंडम हाउस इंडिया प्रा. लि.,
चौथी मंजिल, कैपिटल टावर -1, एम जी रोड,
गुड़गांव 122 002, हरियाणा, भारत

पेंगुइन
रैंडम हाउस
इंडिया

प्रथम हिन्दी संस्करण हिन्द पॉकेट बुक्स द्वारा 1979 में प्रकाशित
यह हिन्दी संस्करण हिन्द पॉकेट बुक्स में पेंगुइन रैंडम हाउस द्वारा 2022 में प्रकाशित

10 9 8 7 6 5 4 3 2

ISBN 9789353493622

मुद्रकः रेप्रो इंडिया लिमिटेड

www.penguin.co.in

विषय-सूची

खण्ड 1

प्रबुद्ध दृष्टि

खण्ड 2

अन्तर्राष्ट्रीयतावाद

उपसंहार

खण्ड 1

प्रबुद्ध दृष्टि

1

रचनात्मक जीवन

सादी और हाफिज़ ने दुनिया के नाम अपने एक संदेश में कहा था कि ईश्वर हमारे ऊपर की कोई चीज़ नहीं है, बल्कि हमारे भीतर की आत्मा ही है। यह आत्मा अनेक आवरणों या तहों में लिपटी हुई है। अगर हम अपने भीतरी जगत् की खोज करना चाहते हैं तो हमें अपने-आपको शरीर, मन और बुद्धि की तहों से अलग करना होगा, अमूर्त्त बनाना होगा और यह मानना होगा कि हम सभीमें एक ही आत्मा का निवास है। उस सार्वभौम आत्मा से सम्पर्क का अर्थ है मानव जीवन की सार्थकता। मनुष्य वास्तव में अपूर्ण, अज्ञानी और अधम है और वह अपने-आपको पूर्ण बनाना चाहता है, अपनी अपूर्णताओं से ऊपर उठना चाहता है। इसके लिए मन को अच्छी तरह से साधना होगा, आत्मा को इस सीमा तक पवित्र बनाना होगा कि वह राष्ट्र, जाति आदि की सीमाओं को भी स्वीकार न करे। और अगर हम आत्मा की पूर्णता या समग्रता प्राप्त कर लेते हैं तो हम उसका उपयोग इस संसार के जीवन को बेहतर बनाने के लिए करते हैं।

भारत के राष्ट्रीय ध्वज में हमें एक चक्र दिखाई पड़ता है, यह कालचक्र है जो हमेशा गतिमान है। लेकिन इसकी गति चक्रीय नहीं है बल्कि वृद्धिशील है, जो हमेशा एक चरण से दूसरे चरण की ओर बढ़ती रहती है, खनिजों से वनस्पति की ओर, वनस्पति से प्राणियों, प्राणियों से मनुष्यों और मनुष्यों से मनुष्य में अन्तर्निहित ईश्वर की ओर बढ़ती जाती है। तो यह चक्र कालचक्र का सूचक है। किन्तु क्या यह अपने-आपपर टिका है ? क्या काल की गति स्वचालित है या काल स्वयं गतिमान् है या किसी शाश्वत पृष्ठभूमि पर आश्रित है, और क्या हम इसका वर्णन कर सकते हैं ? इसका उत्तर है, विशुद्ध श्वेत पृष्ठभूमि जिसे शाश्वत श्वेत प्रकाश भी कहा जा सकता है, हम इसका वर्णन नहीं कर सकते। हमारे सभी वर्णन इसकी असीम सम्पदा के सामने फीके पड़ जाते हैं। अपनी श्रद्धांजलि में हम उसे पूजा के फूल और सिर्फ विज्ञान ही भेंट कर सकते हैं। यही एक श्रद्धांजलि है जो एक सीमित मस्तिष्क सम्पूर्ण ऐहिक जगत् की असीम रहस्यमय प्रेरक शक्ति को भेंट कर सकता है। इसलिए हम दबे स्वर में लोगों को ईश्वर के बारे में बताने के लिए पृष्ठभूमि को सफेद रखते हैं।

ईश्वर की उस सम्पदा तक तर्कों की पहुंच नहीं है। इसलिए हमारा कहना है कि ईश्वर के नाम या उस तक पहुंचने के मार्ग को लेकर झगड़ा मत करो। मार्ग टेढ़ा-मेढ़ा हो सकता है, लेकिन शिखर पर पहुंचकर सभीके सामने एक ही प्रकार का आध्यात्मिक दृश्य होता है और सभी लोग दुनिया के अलग-अलग हिस्सों से आए हुए उन्हीं लोगों की ओर संकेत करते हैं जो सिद्धि प्राप्त कर चुके हों।

अगर यह सांसारिक चक्र, जिसके कि हम अंग हैं, मौजूद है और अगर यह सांसारिक चक्र अनंत पृष्ठभूमि पर टिका हुआ है तो लोग यह कैसे जान पाएंगे कि अनंतता की पृष्ठभूमि पर आधारित इस कालजगत् में किस प्रकार रहा जाए? बिना बलिदान दिए और बिना कीमत चुकाए यह संभव नहीं है। हमारे देश में तप अर्थात् अपनी भूख, इच्छा और वासना को तपाने से मनुष्य अपने-आपको शुद्ध करता रहा है। मन की इस शुद्धि को नारंगी रंग से दर्शाया गया है और इसे सबसे ऊपर रखा गया है। हमारे यहां कालचक्र, अनंतता की पृष्ठभूमि और तप का बहुत महत्त्व है। इन्हीं के द्वारा मनुष्य अपने मन में अनंत पृष्ठभूमि के साथ इस जगत् में रह सकता है। क्या इसकी प्राप्ति के साथ ही मनुष्य अन्तिम सिद्धि प्राप्त कर लेता है, क्या यही अन्त है ? नहीं, तपस्वी होने पर मनुष्य का भरसक प्रयास यह होना चाहिए कि इस संसार में रचनात्मक जीवन उत्पन्न किया जाए। रचनात्मक जीवन को हमेशा ही हरे रंग से दर्शाया जाता है, यही वनस्पति का रंग है, हर प्रकार की प्रगति का रंग है। इस प्रकार यह झंडा उस सार्वभौम प्रक्रिया का प्रतीक है, जिससे मानवमात्र को गुज़रना है।

हम अमरता की भावना से इस कालजगत् में जिएं, संयमी बनें ताकि हमारा प्रत्येक कार्य अनंत सत्ता के प्रति समर्पण की भावना से पूर्ण हो। हमारी सभी गतिविधियों का एकमात्र लक्ष्य हो बेहतर या रचनात्मक जीवन का निर्माण, जिसमें प्रत्येक मनुष्य का जीवन ऐश्वर्य, समृद्धि से पूर्ण हो तथा मैत्री की भावना से आप्लावित हो।

2

ज्ञान और प्रज्ञा

आम तौर पर शिकायत की जाती है कि जहां एक तरफ प्रकृति की हमारी जानकारी में निरन्तर वृद्धि हो रही है, वहां हमारी प्रज्ञाशक्ति क्षीण होती जा रही है। विज्ञान की चामत्कारिक उपलब्धियां बहुत प्रभावशाली हैं और इसके प्रभाव से वह सारी दुनिया को विनाश के कगार पर पहुंचा सकता है। अगर लोग बढ़ती हुई न्यूक्लीय शक्ति के परिणाम पर विचार करें तो पाएंगे कि आखिर इन्सान को हो। क्या गया है, वह क्यों भौतिक शक्ति को बढ़ाने पर तुला हुआ है, रेडियो, टेलीविजन और इसकी मशीनों पर नियन्त्रण करके उसने अपने शरीर को बहुत फैला लिया है और फिर भी उसकी आत्मा जहां की तहां है। इसका विस्तार शरीर के अनुरूप नहीं हो रहा है।

प्रज्ञा और ज्ञान की वृद्धि का अनुपात बिगड़ गया है। इसी विषमता ने अनेक लोगों का ध्यान आकर्षित किया है। हमें वस्तुजगत् के ज्ञान में वृद्धि करनी चाहिए, हमारे सामने कुछ मूल्य होने चाहिए। जिनका उपयोग हमारी यांत्रिक खोजों और आविष्कारों के माध्यम से किया जाना चाहिए। विज्ञान का स्वरूप कैसा भी हो, हमारे लिए यह जानना आवश्यक है कि मनुष्य की आत्मा ही वह चीज़ है जो वहां अपने-आपको अभिव्यक्त कर रही है। प्रत्येक व्यक्ति को सतही जीवन जीने के बजाय अपने भीतर झांककर देखना चाहिए। उसके भीतर काफी गहराई है। वहां एक केन्द्र है, जो तमाम परिवर्तनों के बावजूद अपनी जगह स्थिर है। वाचस्पति ने कहा था : "एषु व्यावर्तमानेषु यदनुवर्तते तत् तेभ्यो भिन्नम्।" इस गतिशील जगत् या गतिशील कालचक्र में जहां हर चीज़ गतिशील है, एक धुरी है, जिसपर सत्य और प्रज्ञा का स्रोत अवस्थित है और वही हमें ज्ञान प्रदान करता है। अगर हम उस धुरी की उपेक्षा करें और सतही जीवन जीते रहें तथा मशीनों के बीच रहते हुए खुद भी मशीन बन जाएं तो यह खतरा हमें बहुत भारी पड़ेगा और हम अपनी सच्ची आत्मा से अलग हो जाएंगे। इसलिए हमें वैज्ञानिक और मानवीय सभी प्रकार की अपनी जानकारियों को मनुष्य या उसकी सुन्दर आत्मा, जो वहां चेतना की द्रवणशील शिखा के रूप में अवस्थित है, की अभिव्यक्ति समझना चाहिए। अगर हम सतह पर नज़र रखते हैं तो वास्तविकता,

जो सभी महान् चीज़ों का अन्तिम स्रोत है, की अनदेखी हो जाती है। हमें यह देखना होगा कि क्या इस प्रकार के ज्ञान में वृद्धि होने के साथ कहीं प्रज्ञाशक्ति क्षीण तो नहीं हो रही है ?

हम इस प्रकार की आलोचना के शिकार इसलिए हो रहे हैं कि हमने आध्यात्मिक पक्ष की अवहेलना की है, मानवता की उपेक्षा की है और हमारा सारा ध्यान जीवन के बाहरी पक्ष पर ही केन्द्रित है। हमें इस बात का ज़रा भी विचार नहीं है। कि जीवन के इस पक्ष का उपयोग मनुष्य की प्रज्ञाशक्ति को बढ़ाने के लिए ही किया जाना चाहिए। इसलिए प्रज्ञा और ज्ञान का विकास एकसाथ ही होना चाहिए। इस संसार की प्रत्येक वस्तु बाह्य पदार्थों को आत्मसात् करने का एक ज़रिया या साधन होनी चाहिए। यहां तक कि कला, जिसमें हम रहते हैं और जिसका हम सृजन करते हैं, का उपयोग भी इसी रूप में होना चाहिए। कहा भी है, "कला कं परमात्मनं लाति गृह् णाति इति कला।" हम जिसके द्वारा परमात्मा को प्राप्त करते हैं, उसे कला कहते हैं और इसका उद्देश्य है मनुष्य की आत्मा का संस्कार—"आत्मा संसृति वाव शिल्पानि।" सभी विज्ञान है लेकिन हम अपनी आत्मा का संस्कार करने के लिए इसका उपयोग नहीं कर पाते। हम कितनी ही बार इसकी चर्चा तो करते हैं, लेकिन व्यवहार में इसकी उपेक्षा करते हैं।

3

शिक्षा का उद्देश्य

शिक्षा का स्वरूप व्यापक होने के साथ-साथ गहन भी होना चाहिए। हमारी शिक्षा में गहनता की भारी कमी है। हम शिक्षित और दक्ष हो सकते हैं, लेकिन अगर हमारे जीवन का कोई उद्देश्य नहीं है तो हमारा जीवन अंधकार, भ्रम और कटुता से भर जाएगा। गीता में कहा है : "व्यवसायात्मिका बुद्धिरेकेह।" जो व्यक्ति सच्चे अर्थों में एक सुसंस्कृत व्यक्ति है, उसके सामने एक उद्देश्य होता है। और वह मनोयोगपूर्वक अपने उद्देश्य के प्रति निष्ठावान होता है। असंस्कृत व्यक्ति का सम्पूर्ण जीवन अनेक दिशाओं में बिखरा हुआ होता है, "बहुशाखा ह्यनन्तश्च।" इसलिए शिक्षा का उद्देश्य न केवल ज्ञान और दक्षता प्रदान करना है, बल्कि जीवन को एक निश्चित उद्देश्य प्रदान करना भी है। प्रत्येक व्यक्ति के लिए आवश्यक है कि वह इस उद्देश्य को परिभाषित करे।

कहा जाता है कि विद्या विवेक को जन्म देती है। विवेक स्वरूपिणी विद्या सत् और असत् का निर्णय करने की बुद्धि प्रदान करती है। इसलिए इस पीढ़ी के युवक-युवतियों को यह जानने की कोशिश करनी चाहिए कि उनसे क्या-क्या अपेक्षाएं की जाती हैं। सदियों पहले जो उद्देश्य उनके लिए तय किया गया था, वह आज की तेज़ी से बदलती हुई राष्ट्रीय और अन्तर्राष्ट्रीय स्थितियों में सार्थक नहीं हो सकता। इसलिए युवकों के जीवन-सम्बन्धी उद्देश्यों में वर्तमान पीढ़ी की आवश्यकताओं के अनुरूप परिवर्तन किया जाना चाहिए।

मंत्रपाठ के आरम्भ और अन्त में हम कहते हैं—"शान्तिः शान्तिः"। गुरु और शिष्य को आपस में एक-दूसरे से घृणा नहीं करनी चाहिए। दया का गुण पुरुषों की अपेक्षा स्त्रियों के चरित्र में अधिक पाया जाता है। हाल ही में मैंने एक किताब पढ़ी, उसमें स्त्रीत्व में कमी की चर्चा की गई थी। उसमें कहा गया था कि स्त्रीत्व में कमी का कारण है दया में कमी। दया स्त्री का प्राकृतिक गुण है। अगर किसी-में दया ही नहीं है तो वह मनुष्य ही नहीं है। इसलिए प्रत्येक मनुष्य के लिए यह आवश्यक है कि वह अपने-आपमें दया, करुणा आदि गुणों का विकास करे। इन गुणों के बिना हम नर-पशु से अधिक कुछ नहीं हैं।

एक प्रसिद्ध श्लोक में कहा गया है—"संसार विषवृक्षस्य।" इस अपूर्ण संसार में दो

अनुपम गुणरूपी फल हैं। अपने महान् शास्त्रों का अध्ययन और विद्वानों का सत्संग। हमें अपने महान् शास्त्रों का अध्ययन करना चाहिए। सभी देशों के शास्त्र हमारी विरासत है। उपनिषद् में एक छोटे-से संवाद के द्वारा अच्छे जीवन का सार बताते हुए गुरु कहते हैं— दम, दान, दया यही अच्छे जीवन का सार है। आपमें दम या आत्मसंयम होना चाहिए। यह मानवता का परिचायक है। रामायण में, जब लक्ष्मण वन में जाते हैं तो उनकी मां उन्हें कहती है : "तुम राम को अपने पिता दशरथ के समान समझना; सीता को मेरी जगह अर्थात् मां की जगह समझना; वन को अयोध्या समझना; जाओ, चिरंजीव।"

हमारे शास्त्रों में कितनी ही ऐसी रोमांचकारी कहानियां हैं, जो हमें महान् नैतिक शक्ति प्रदान करती हैं और चरित्र निर्माण के लिए मानदंड स्थापित करती हैं।

हमें अच्छी स्त्रियां दो, हम एक महान् सभ्यता का निर्माण करेंगे।

हमें अच्छी मांएं दो, हम एक महान् राष्ट्र का निर्माण करेंगे।

4

ज्ञान के प्रति प्रतिबद्धता

ज्ञान के प्रति प्रतिबद्धता और शिक्षा की प्रगति हमारे सीधे लक्ष्य होने चाहिए। हम सोवियत संघ और संयुक्त राज्य अमेरिका के अन्तरिक्ष यात्रियों की तारीफ करते नहीं अघाते। हमारा जीवन मात्र प्रशंसा में ही समाप्त नहीं हो जाना चाहिए, बल्कि हमें विश्व के इन साहसिक कार्यों में स्वयं भी भाग लेने के लिए उत्सुक होना चाहिए।

एक विद्यार्थी सुखद जीवन नहीं बिता सकता, "सुखार्थिनः कुतो विद्या, विद्यार्थिनः कुतः सुखम्।" सुखार्थी ज्ञान अजित नहीं कर सकता। अगर कोई व्यक्ति सच्चा विद्यार्थी बनना चाहता है तो उसे उत्कट कर्मी बनना होगा और कठोर एवं अनुशासित जीवन बिताना होगा।

हमने लोकतान्त्रिक सिद्धान्तों को अपनाया है। इन सिद्धान्तों को विदेशी या हमारे देश के लिए अपरिचित नहीं मानना चाहिए। एक राजनैतिक व्यवस्था के रूप में लोकतन्त्र का उद्देश्य है धर्मपालन। धर्म का अर्थ है कर्तव्य। क्या हम कर्तव्य का पालन कर रहे हैं ? क्या हम सच्चे मायने में लोकतन्त्र का पालन कर रहे हैं ? क्या हम मध्यमार्गी का-सा बर्ताव नहीं कर रहे हैं ? मध्यमार्गी लोग जनमत को प्रभावित नहीं करते, बल्कि सिर्फ इन्तज़ार करते हैं और किसी भी रूप में मार्गदर्शन नहीं करते। अगर हम इस देश के अनुशासित सेवक नहीं बनते तो न तो हम विधायक बन सकते हैं, न विद्यार्थी और न कुछ और।

सबसे पहली योग्यता यह होगी कि हम मानबमात्र के सेवक बनें और उसके बाद भारतीय जनगण के सेवक। यही हमारा आदर्श होना चाहिए।

कभी-कभी कहा जाता है कि हमारा धर्म पूर्णतः वैज्ञानिक नहीं है और वैज्ञानिक लोग इसे सन्देह की दृष्टि से देखते हैं। यह ठीक नहीं है। वस्तुतः गीता का कथन है कि विज्ञान विश्व की सम्पूर्ण प्रकृति को कभी भी हमारे सामने प्रकट नहीं कर सकता : "अव्यक्तादीनि भूतानि व्यक्तमध्यानि भारत। अव्यक्तनिधनान्येव तत्र का परिवेदना ॥"

आरम्भ और अन्त दोनों अव्यक्त हैं। हमारी जानकारी भौतिक जगत् के एक छोटे-से कण तक ही सीमित है। न आरम्भ और न ही अन्त हमारे सामने प्रकट है। इसीलिए

इसे 'व्यक्तमध्यानि' कहा गया है। इसलिए हम भी भौतिक जगत् के प्रति वैज्ञानिक दृष्टि ही अपनाते हैं। तैत्तिरीय उपनिषद् में कहा गया है कि यथार्थ के प्रति हमें अनुभूति-मार्ग से ही आगे बढ़ना चाहिए। जगत् की ओर देखो और मालूम करने की कोशिश करो कि यह किन तत्त्वों से बना है। क्या यह पदार्थ है ? क्या यह जीवन है ? क्या यह मन है ? क्या यह मानव-बुद्धि है ? या इसके पार कुछ और है ? इस प्रकार ब्रह्मांड के पांच सोपान हैं। पदार्थ, जीवन, मन, बुद्धि और आत्मा।

आत्मा का स्थान यथार्थ तत्त्वों में सबसे ऊपर माना जाता है। यह वह तत्त्व है, जो इस ब्रह्मांड के सही स्वरूप को व्यक्त करता है। लेकिन क्या उस आत्मा के स्वरूप को पर्याप्त रूप में व्यक्त किया जा सकता है ? "यतो वाचो निवर्तन्ते अप्राप्य मनसा सह।" हमारे शब्द उस यथार्थ तत्त्व के स्वरूप को व्यक्त करने में असमर्थ हैं और इस कारण उसे व्यक्त किए बिना ही वापस लौट आते हैं। हम अपनी धार्मिक निष्ठा के कारण ही उसके अस्तित्व को स्वीकार करते हैं न कि ज्ञान के कारण। हम ज्ञान के बजाय इस भावना के कारण उसके अस्तित्व को स्वीकार करते हैं कि हमारी बुद्धि यथार्थ के अन्तिम स्वरूप को ग्रहण करने में असमर्थ है। इसलिए अगर हम उस यथार्थ के अन्तिम स्वरूप को ग्रहण करने में असमर्थ हैं तो हमें उसके अधूरे वर्णन और परिभाषा से ही सन्तोष कर लेना होगा। हम कभी भी नहीं कह पाएंगे कि उस यथार्थ तत्त्व की अमुक परिभाषा पूर्ण और पर्याप्त है।

हमारे महान् अद्वैतवादी आचार्य भी मानते रहे हैं कि उसके अनेक अवतार या पैगम्बर हैं और उस तक पहुंचने के अनेक मार्ग हैं। वे सभी लोकानुग्रह या भक्तानुग्रह के लिए अवतरित हुए थे। यही उनका उद्देश्य था। इस दृष्टि से हमें यह मान लेना चाहिए कि हमें अपनी परिभाषाओं को लेकर विवाद में उलझने की आवश्यकता नहीं है। धर्मनिरपेक्षता (यह नाम गलती से दिया गया है) या सभी धर्मों के प्रति सम्मान का यह भाव सीधे उस परम तत्त्व के स्वरूप से ही प्रकट होता है। हमें लगता है कि परम तत्त्व एक ऐसी चीज़ है, जो अपने स्वरूप में ही अग्राह्य है और मानवीय परिभाषाएं उस परम तत्त्व का सही वर्णन प्रस्तुत नहीं करतीं और उस परम तत्त्व के प्रति हमारा रवैया निष्ठा और श्रद्धा का होना चाहिए न कि ज्ञान और बोध का।

जहां लोकतंत्र है, वहां धर्म निरपेक्षता या सभी धर्मों के प्रति सम्मान का भाव होना चाहिए। उसके बाद आता है भाईचारा। यह लोकतांत्रिक आदर्श हमारे जीवन के प्रत्येक पहलू में प्रतिबिम्बित होना चाहिए। अगर हमारे पास रोटी है और दूसरे आदमी के पास रोटी नहीं है तो हमें अपनी रोटी उसके साथ बांटकर खानी चाहिए। इसी भावना से यह प्रकट होता है कि हम एक ही राष्ट्र के सदस्य हैं, समाज के समाजवादी पुनर्निर्माण से हमारा यही अभिप्राय है। दूसरे शब्दों में, अमीर और गरीब के भेदभाव को मिटाना और उन्हें एक-दूसरे के नज़दीक लाने का प्रयास करना। यही हमसे अपेक्षा भी की जाती है। जहां तक हमारे देश का संबंध है, हमें हमेशा

ऐसा लगता रहा है कि हमारा देश अनेक देशों के बीच में है और हमें यह प्रयास करना चाहिए कि हम सभी देशों से मैत्रीभाव रखें।

"स्वदेशो भुवनत्रयम्" न सिर्फ वह देश, जिसमें हम पैदा हुए हैं या निवास करते हैं, बल्कि त्रिभुवन ही हमारा देश है। इसलिए अगर हम सच्चे अर्थों में लोकतांत्रिक हैं और समाज के समाजवादी पुनर्गठन में विश्वास रखते हैं तो हमें अपने इसी आदर्श को अपनाना होगा। लोकतंत्र, धर्मनिरपेक्षता, समाजवाद और भाईचारा हमारे संविधान का मूल संदेश है।

लोग शिकायत करते हैं कि आज के विद्यार्थी भीतर से बिलकुल खाली हैं। उनके जीवन का कोई उद्देश्य नहीं है और स्पष्ट उद्देश्य न होने कारण वे बहते जा रहे हैं। संविधान में निर्दिष्ट उद्देश्यों से बेहतर उन्हें और दिया ही क्या जा सकता है क्योंकि इनका मूल आधार हमारी अपनी संस्कृति है। ये बातें हमने बाहर से नहीं ली हैं, बल्कि ये हमारी संस्कृति के मूल सिद्धांत हैं। इसलिए आवश्यक है कि हम संविधान को हमेशा अपने सामने रखें और मुश्किल आने पर अपने-आपसे ही सवाल पूछें, क्या मैं सही काम कर रहा हूं? क्या मैं मनुष्यमात्र को समान मानते हुए आचरण करता हूं? क्या मैं मनुष्यमात्र के साथ भाईचारे का संबंध रखता हूं? क्या मैं लोकतांत्रिक सिद्धांतों का पालन करता हूं? लोकतंत्र का सिर्फ यह मतलब नहीं कि हम खड़े होकर दूसरों को भाषण झाड़ते रहें? वास्तव में यह एक धुरी है, जो हमारा पथ-प्रदर्शन करते हुए हमारे जीवन को एक दिशा प्रदान करती है।

ज्ञान के प्रति सच्ची प्रतिबद्धता तब तक संभव नहीं हो सकती, जब तक कि अध्यापक प्रगतिशील भूमिका का निर्वाह न करें। विद्यार्थी अध्यापकों के आचरण का अनुसरण करें। इस प्रकार अध्यापक अपने आचरण का उदाहरण विद्यार्थियों के सामने पेश करें। उपनिषदों में कहा गया है—"यानि अनविद्यानि कर्माणि तानि सेवितव्यानि न इतराणि।" अर्थात् अपने अध्यापकों के अच्छे कर्मों का ही अनुसरण करो, दूसरों का नहीं। अध्यापकों को गुणों और बौद्धिक योग्यता का आदर्श प्रतिमान नहीं माना जा सकता। अध्यापक विद्यार्थियों के जीवन के एक हिस्से को संवारने का कार्य करते हैं, जो बहुत कोमल और संवेदनशील होता है। प्राथमिक और माध्यमिक विद्यालयों में बालक इस उद्देश्य से भेजे जाते हैं कि अध्यापक उनके जीवन को संवारें। एक सफल अध्यापक की पहली अनिवार्य विशेषता है, विद्यार्थियों के प्रति उसका प्रेम, यह बौद्धिक योग्यता से कहीं अधिक महत्त्वपूर्ण है। एक ऐसी भावनात्मक दृष्टि, जिसके कारण उनके मन में विद्यार्थियों के लिए सच्चा स्नेह उत्पन्न हो।

आजकल एक ऐसी प्रवृत्ति हो गई है कि अगर हम मनवा नहीं सकते तो बलप्रयोग पर उतर आते हैं। अगर हम किसीको अपनी बात समझा नहीं सकते तो डरा-धमकाकर या इसी प्रकार के अन्य तरीके अपनाकर काम निकालते हैं। अगर हर आदमी यही रवैया अपना ले तो जीवन गतिशून्य हो जाए। यह एक खतरा है। हम अपने-आपको सभ्य देश मानते हैं। हममें आत्मसम्मान और आत्मगौरव की भावना तो होनी चाहिए और हमें अपने-

आपसे एक सवाल करना चाहिए कि हमारे अमुक आचरण से हमारे देश का नाम होगा या बदनामी होगी। हाल ही में कुछ ऐसी बातें हुई हैं, जिनसे हमारे देश का नाम अपने देश में और बाहर के देशों में खराब हुआ है। हमें अपने राष्ट्रीय सम्मान को बनाये रखना है। राष्ट्र के आत्मसम्मान और आत्मगौरव को भी सुरक्षित रखना है। हमें एक प्रकार का आपसी समायोजन लाने की कोशिश करनी है। हर प्रकार के सामाजिक व्यवहार की यही कुंजी है। अगर हमें अपने समाज को सही मार्ग पर ले चलना है तो हर व्यक्ति के लिए आवश्यक है कि वह समाज की स्थितियों के अनुरूप अपने-आपको समायोजित करे। उसे यही नहीं कहते रहना चाहिए कि 'मैं तो अपने ही ढंग से चलूंगा अगर मेरी बात नहीं मानी गयी तो मैं तुम्हारी संस्था के आगे धरना दे दूंगा, भले ही इससे संस्था ही क्यों न बंद हो जाए।'

हमारे युवक और युवतियों को तदनुरूप शैक्षणिक क्षेत्रों में प्रशिक्षण देने के लिए, उनके जीवन को अनुशासित बनाने के लिए और अन्य देशों की उपलब्धियों से उन्हें परिचित कराने के लिए काफी धन लगाकर अनेक संस्थाएं खोली गयी हैं। आधुनिक विज्ञान और औद्योगिकी में, चिकित्साशस्त्र और शल्य-चिकित्सा के क्षेत्र में आज कितने ही चमत्कार हो रहे हैं। हमें अपने विद्यार्थियों को इन तमाम गतिविधियों में भाग लेने के लिए तैयार करना चाहिए ताकि उसका श्रेय खुद हमें, हमारे अपने देश को और हमारी अपनी संस्था को मिले।

यह कितने दुःख की बात है कि हमारे कितने ही विद्यार्थी आज कुपोषण के शिकार हो रहे हैं और इसके परिणामस्वरूप वे मन्दबुद्धि हो जाते हैं। हमें इनका समाधान खोजना होगा। शारीरिक दृष्टि से स्वस्थ रहना निहायत ज़रूरी है। कक्षा में भाषण देकर ही अध्यापक का काम खत्म नहीं हो जाता। अध्यापक को अपने विद्यार्थी से इतना प्रेम होना चाहिए कि अगर विद्यार्थी तकलीफ में है तो अध्यापक को उसकी व्यक्तिगत समस्या पर ध्यान देना चाहिए। बीच-बीच में विद्यार्थियों की शारीरिक परीक्षा की जानी चाहिए और अगर वे अल्पपोषण या कुपोषण के शिकार हों तो सरकार को उनकी कमी को पूरा करने के लिए हर संभव कदम उठाने चाहिए। इन बच्चों को देश के भावी निर्माता मानकर सही ढंग से उन्हें प्रशिक्षित करना चाहिए। अन्यथा न हमें सिर्फ निराशा होगी बल्कि देश को भी यश मिलने के बजाय अपयश मिलेगा। यह उनकी गलती नहीं है, हमारी अपनी गलती है। अगर हम उनके शारीरिक स्वास्थ्य की उपेक्षा करते हैं, उनकी पोषण-संबंधी ज़रूरतों की उपेक्षा करते हैं तो हम देश की प्रगति को अवरुद्ध करने के लिए उत्तरदायी होंगे।

राष्ट्र की प्रगति हमारे चरित्र पर निर्भर करती है। कहा जाता है कि लक्ष्य के प्रति एकजुट होना ही चरित्र है अर्थात् हममें इतनी क्षमता होनी चाहिए कि निराशा को मुस्कान के साथ स्वीकार कर सकें और अगली बार और अच्छे नतीजे हासिल करने के लिए जुट जाएं। हर अध्यापक को यह आदर्श अपने विद्यार्थियों के सामने रखना चाहिए। सिर्फ तभी

ज्ञान रचनात्मक भूमिका का निर्वाह कर सकता है।

यूनानी विचारकों के समान भारतीय विचारकों ने भी आरंभ से ही परमतत्त्व के रहस्य को स्वीकार किया और उसे समझने के लिए अनेक मार्ग अपनाए। यूनानी विचारकों के आध्यात्मिक ज्ञान का आधार यह था कि प्रत्येक वस्तु को आश्चर्य और विस्मय की भावना के साथ यथातथ्य रूप में ही देखा जाए। सभी दर्शनों का उत्स विस्मय की इस भावना में ही निहित है। विस्मय के इस भाव का विस्तार ही यूनानी दर्शन का आधार है। अनावृत सत्य का यही चिन्तन और दर्शन है और रहस्योद्घाटन है। यूनानी विचारकों के अनुसार विस्मय के आरंभिक भाव का शब्दीकरण या प्रत्ययीकरण भी यही है। इन धारणाओं में अंतर हो सकता है, लेकिन उनकी दृष्टि समान है। भारतीय विचारकों का दृष्टिकोण भी यही है। नानक ने कहा था "न तो मैं हिंदू हूं और न मुसलमान, मैं तो निराकार का भक्त हूं।" जब हम यह भूल जाते हैं तो छोटी-मोटी चीज़ों में उलझने लगते हैं। मुझे आशा है कि विश्वविद्यालय विद्यार्थियों को इस प्रकार से प्रशिक्षित करेंगे कि वे इस मूल दृष्टि को फिर से प्राप्त कर सकें।

अगर शिक्षा हमें अपने युग की नैतिक चुनौती का सामना करने में और सामाजिक जीवन में शिक्षा-संबंधी भूमिका के निर्वाह में आवश्यक सहायता प्रदान करती है तो यह निश्चय ही मुक्ति और जीवनदायिनी सिद्ध होगी। शिक्षा का उद्देश्य है, हमारे व्यक्तित्व और अस्तित्व को सार्थक बनाना और एक ऐसी शक्ति प्रदान करना जिससे हम आध्यात्मिक जड़ता को खत्म कर सकें और आध्यात्मिक संवेदना को सुदृढ़ कर सकें।

5

शिक्षा दूसरा जन्म है

वही व्यक्ति सच्चे अर्थों में शिक्षित कहला सकता है जो सभी प्रकार के पूर्वाग्रहों और पूर्वधारणाओं से मुक्त हो और जो सबको अपना बंधु मानता हो। शिक्षा का उद्देश्य क्या है? इसे दूसरा जन्म माना गया है। इसका अर्थ है, अपने वर्तमान स्वरूप से भिन्न दूसरा स्वरूप प्राप्त करना अर्थात् एक ऐसा स्वरूप प्राप्त करना जो पहले विद्यमान न हो। "माता सावित्री पिता आचार्यः।" गुरु शिष्य के मन में एक ऐसी चिंगारी जगाता है जिसके प्रभाव से शिष्य के जीवन में एक नई दृष्टि और एक नया स्वरूप उभरता है। भगवद्गीता में कहा गया है :

दुःखेषु अनुद्विग्नमनः सुखेषु विगतस्पृहः।
वीतराग भय क्रोधः स्थितधीर्मुनिरुच्यते॥
यः सर्वत्रऽनभिस्नेहः तद्तत्प्राप्य शुभाशुभम्।
नाभिनन्दति न द्वेष्टि तस्य प्रज्ञा प्रतिष्ठिता॥

स्थितप्रज्ञ व्यक्ति ही सच्चे अर्थों में मुक्त होता है। न तो दुःख में उसका मन उद्विग्न होता है, न ही सुख में उल्लसित होता है। वह दोनों ही स्थितियों में समान रहता है। इसी प्रकार वह भले और बुरे सभी प्रकार के लोगों के प्रति मैत्रीभाव रखता है। न उन्हें देखकर उल्लसित होता है और न ही उनसे द्वेष करता है। यही उसका स्वभाव बन जाता है। ऐसा व्यक्ति स्थितप्रज्ञ कहलाता है।

शिक्षा का वास्तविक उद्देश्य मात्र जानकारी एकत्रित करना नहीं है, भले ही वे कितनी भी महत्त्वपूर्ण क्यों न हों। आधुनिक समाज में तकनीकी कौशल की अत्यंत आवश्यकता है, लेकिन शिक्षा का अंतिम उद्देश्य इस प्रकार का कौशल प्राप्त करना भी नहीं है। हमें एक ऐसी दृष्टि प्राप्त करनी होगी जो जानकारी और तकनीकी कौशल के आगे भी देख सके। न तो जानकारी ज्ञान है और न ही ज्ञान प्रज्ञा। हर व्यक्ति में इतनी क्षमता होनी चाहिए कि वह खड़ा रह सके और घटनाओं को यथातथ्य रूप में बिना किसी अंदरूनी परेशानी के देख सके। कहा भी है :

संसार विषवृक्षस्य द्वे फले अमृतोपमे।
काव्यामृतरसस्वादेः संलापः सज्जनैः सह॥

संसार के विषवृक्ष पर दो अमृतोपम फल लगे हैं; वे हैं काव्य और सत्संग। काव्य सभी युगों में सामयिक होते हैं। उनका संदेश हर स्थिति में उपयोगी सिद्ध हुआ है। हमारे देश के महाकाव्य हमारे देशवासियों को हमेशा ही शिक्षा देते रहे हैं। जब कभी हम दुःख या कष्ट में होते हैं, हम उन्हींकी शरण में जाते हैं और वे हमें आध्यात्मिक सुख प्रदान करते हैं। बे न केवल हमें ज्ञान ही देते हैं, बल्कि मन की शांति भी प्रदान करते हैं। चाहे रामायण हो, महाभारत हो या कालिदास की रचनाएं—सभी हमारे सामने इस प्रकार के उदाहरण प्रस्तुत करते हैं कि मनुष्य को जीवन के कठिन क्षणों में किस प्रकार का व्यवहार करना चाहिए।

विद्यार्थियों को काव्यों का अध्ययन अवश्य करना चाहिए। प्रत्येक विद्यार्थी को सिर्फ पाठ्य पुस्तकों या अध्यापक द्वारा परीक्षा पास करने के लिए दिए गए नोट्स के रूप में ही नहीं, पूर्ण रूप में ही प्राचीन काव्यों का अध्ययन करना चाहिए; भले ही वे पूर्व के विद्वानों की रचनाएं हों या पश्चिम के विद्वानों की; इससे कोई अंतर नहीं पड़ता। सभीमें मानव मन को झकझोर देने, हृदय को सहलाने, मानव की सम्पूर्ण प्रकृति को समृद्ध बनाने और मानव को नया स्वरूप प्रदान करने की शक्ति मौजूद है। यही काव्य का उद्देश्य भी है।

सत्संग से भी बहुत लाभ होता है, लेकिन आज के युग में सज्जनों को ढूंढना बहुत मुश्किल है। हम छोटी-मोटी बातों में बुरी तरह उलझे हुए हैं। आखिर हमारे देश में कमी किस चीज़ की है ? जनशक्ति है, महान् परंपरा है, प्राकृतिक साधन हैं, फिर क्यों हम जीवन-संग्राम में पिछड़े हुए हैं, क्यों हम औद्योगिक साज़ो-सामान और अन्न आदि की भीख मांग रहे हैं ? दोष हमारे सितारों में नहीं, हममें है। हम जात-पात, धर्म आदि के छोटे-मोटे झगड़ों से फंसे हुए हैं।

मेरी काफी ज़िन्दगी बीत गई है। मुझे ईसाइयों के चर्चों में, मुसलमानों की मस्जिदों में, बौद्धों के मठों में और सिखों के गुरुद्वारों में बोलने में कभी कोई कठिनाई नहीं हुई। ऐसे मौकों पर कभी मेरी आध्यात्मिक भावनाओं को ठेस नहीं लगी, न मेरी बौद्धिक चेतना को कभी कोई समझौता करना पड़ा। यही कारण है। कि इंगलैंड और अमेरिका के चर्चों में, पूर्व और पश्चिम के गुरुद्वारों में, जहां भी सिख बसे हुए हैं और हिन्दू मंदिरों में मुझे कभी कोई परेशानी नहीं हुई। आखिर हम सभी लोग एक ही परमतत्त्व की उपासना करते हैं। वह सभी भाषाएं जानता है। उसके सामने सभीके हृदय खुले हैं और सबकी प्रार्थनाएं उस तक पहुंचती हैं। हमारे महान् विचारकों ने कहा भी है कि दुनिया में कोई भी चीज़ ऐसी नहीं हैं, जिसमें ईश्वर का वास न हो। ईश्वर के सभी पैगम्बर ईश्वर का संदेश लेकर ही आते हैं। इसलिए परछाइयों को लेकर आपस में झगड़ा निहायत बेवकूफी है।

इसलिए यह ज़रूरी है कि हम छोटे-मोटे मतभेदों को भुला दें। इन्हीं मतभेदों ने हमारे विश्वास को आघात पहुंचाया है, मानवता की भावना को कुंठित किया है, हमारी प्रगति की राह में रोड़े अटकाए हैं और हमें आज की निराशाजनक हालत में लाकर खड़ा किया है।

हमें यह सब भुलाकर सिर्फ यही याद रखना है कि हम सब एक ही ईश्वर के उपासक हैं। हम किसी भी पैगम्बर का गुणगान कर सकते हैं क्योंकि वह पैगम्बर ईश्वर के परिवार का सदस्य है। वह पैगम्बर ईश्वर का सेवक है। अपने देश के सुखद भविष्य के लिए हमें ये छोटे-मोटे मतभेद भुलाने ही होंगे और एक मनुष्य के रूप में बर्ताव करना होगा न कि हिन्दू या मुसलमान के रूप में। हमारे देश में अनेक जातियां हैं, अनेक समुदाय हैं और अन्य भी बहुत-सी चीज़ें हैं। क्या हम एक भारत की कामना करते हैं? क्या हम इसके सुखद भविष्य में आस्था रखते हैं? क्या हम उन्नति करना चाहते हैं ? यदि हां, तो हम ऐसे सभी छोटे-मोटे मतभेदों को भुला दें, जिनके कारण हम गुलाम हुए, पराधीन हुए। अब अगर हम आज़ाद हो गये हैं तो यह देखना भी हमारा कर्त्तव्य है कि दुबारा अब हम इस जाल में न फंसें। यह निहायत ज़रूरी है।

आइए, अब हम शास्त्रों की चर्चा करें। ये कोई गौण वस्तुएं नहीं, ये हमारे हृदयों को समृद्ध बनाते हैं, इनसे दिमाग खुलता है और एक उदार व्यक्तित्व के रूप में हमारा विकास करने में ये हमारी मदद करते हैं। इन्हींकी सहायता से हमें एक नया स्वरूप मिलता है। कहा भी है : "मन्दिर मस्जिद तेरे धाम, ईश्वर अल्ला तेरे नाम।" जब हमारे गुरुओं ने हमें यह सिखाया है तो हम इसका पालन क्यों नहीं करते ? हम अपने दैनिक जीवन में इस सीख की अवहेलना क्यों करते हैं? हम इतने संकीर्ण क्यों हो गये हैं ? अपने देश और विश्व के सुखद भविष्य के लिए हम क्यों नहीं गलत का डटकर विरोध करते ? एक सच्चे मनुष्य की तरह क्यों नहीं बर्ताव करते ? इसी कारण मैं चाहता हूं कि हर आदमी प्रतिदिन पुस्तकालय में जाए। अपनी बीमारी और अन्य तमाम चीज़ों के बावजूद हमारे स्वर्गीय प्रधानमंत्री जवाहरलाल नेहरू सोने से पहले आधा घण्टा ज़रूर अध्ययन में बिताते थे। बीमारी और तकलीफ भी उन्हें इस कार्य के लिए नहीं रोक सकती थी। फिर हम क्यों नहीं ऐसा कर सकते ? सभी महान् गुरु हमें यही सीख देते हैं। 'वेदान्तदेशिका' में कहा गया है :

श्वापचापि महीपालः विष्णुभक्त द्विजाधिकाः।
विष्णुभक्ति विहीनस्तु यतिः स च श्वापचाधमः॥

यदि कोई कुत्ते का मांस खाने वाला व्यक्ति भी विष्णु का भक्त है और आध्यात्मिक मूल्यों में उसकी आस्था है तो वह यतियों से कहीं अधिक श्रेष्ठ है। और यदि कोई यति भक्तिविहीन है तो वह कुत्ते के मांस खाने वाले व्यक्ति से कहीं अधम है। इसलिए मैंने कहा था कि सन्तों को ढूंढ़ना बहुत मुश्किल है। लेकिन अगर कोई संत हमारे पास आता है तो हम उससे मिले और पूछें कि हमारे लिए क्या अभीष्ट है।

सच्चाई, जीवन के प्रति निष्ठा, मानवमात्र के लिए दया आदि भाव हमारे लिए अभीष्ट होने चाहिए। हमें इन भावों को अपनाना चाहिए। हमें शांति के लिए प्रयास करना चाहिए। कठिन से कठिन क्षण में भी हमें याद रखना चाहिए कि भारत और मानवमात्र के लिए

शांति की सबसे अधिक आवश्यकता है। अगर शांति भंग हो गई तो मानवता भी शेष नहीं रहेगी। ईश्वर भी हमसे निराश हो जाएगा और शायद एक नई रचना में जुट जाएगा जो हमसे कहीं अधिक ईश्वर के अनुरूप होगी। तुम जानते हो सही क्या है। तुम यह भी जानते हो कि तुम्हारे लिए अभीष्ट क्या है। फिर क्यों नहीं इसे आचरण में उतारते ? तुम खड़े क्यों हो ? तुम्हें क्या हिचकिचाहट है ? तुम क्यों विचलित हो रहे हो ? थोड़ी-बहुत तकलीफ भी उठानी पड़े तो क्या फर्क पड़ता है। ये तकलीफें तो हमेशा ही रहती हैं। कोई भी महान् कार्य बिना कष्ट और त्याग के सम्पन्न नहीं हुआ। यह भारत देश भी तप और त्याग से ही बना है। इसके निर्माण के समय निर्माताओं ने कुछ पाया नहीं, बल्कि खोया ही है। कोई भी देश अपनी उपलब्धियों से नहीं, अपने त्याग और तप से ही महान् बनता है।

6

विज्ञान का उदय और मनुष्य

विज्ञान की दुनिया में कितने ही परिवर्तन हुए हैं—टेलीफोन, मोटर गाड़ियां, रेडियो, टेलीविज़न, हवाई जहाज़ आदि। विज्ञान कितनी तरक्की कर रहा है। इस शताब्दी में विज्ञान ने इतनी तरक्की की है, इतना काम किया है जितना पिछली अनेक शताब्दियों में नहीं किया गया। यही वजह है कि इस युग को विज्ञान और औद्योगिकी का युग कहा जाता है। भूगर्म विज्ञान ने भी काफी उन्नति की है। भूगर्म विज्ञान में मनुष्य के लाभ की अनेक चीज़ें हैं, भूचाल, ज्वालामुखी, हिमानी पर्वतों का ह्रास, नदियों का लोप और दिशा-परिवर्तन। यद्यपि इन कार्यों में समय बहुत लगता है फिर भी ये बहुत महत्त्वपूर्ण हैं। यह भी सच है कि चट्टानों और जीवाश्मों के अध्ययन से, जिन्हें शैल विज्ञान या जीवाश्म विज्ञान कहा जाता है, कुछ अनुमान और सिद्धांत निकाले गए हैं। ऐसे ही एक सिद्धांत से पता चलता है कि हम एक कोशिक अवयवी से नरवानर होते हुए मनुष्य तक पहुंचे हैं। जीवन का आरंभ कैसे हुआ, इस दुनिया में चेतना का संचार कब हुआ, ये प्रश्न सीधे भूगर्भ वैज्ञानिकों के शोध से जुड़े हुए हैं।

बहुत पहले ईसा-पूर्व आठवीं सदी में लिखी गयी उपनिषद् में इस दुनिया के विकास की चर्चा की गई है। उसके अनुसार विकास की प्रक्रिया के पांच सोपान हैं : अकार्बनिक या भौतिक, जीववैज्ञानिक, मनोवैज्ञानिक, वैज्ञानिक, मानसिक, बौद्धिक और आध्यात्मिक। अभी हम वैज्ञानिक या संकल्पनात्मक मन के स्तर पर पहुंचे हैं। यह मन की अमूर्त स्थिति है। ऐसे ही समय में चर्च, मंदिर आदि के निर्माण किए जाते हैं, लेकिन मानवीय विकास की यह चरम सीमा नहीं है। यह वैज्ञानिक मन आध्यात्मिक मन के रूप में विकसित होगा। बौद्धिक संकल्पना हमें जाति, धर्म या राष्ट्र की भावना प्रदान करती है, जिसके फलस्वरूप हम अन्य धर्मों या अन्य राष्ट्रों के लोगों को पराया समझने लगते हैं। ये संकल्पनाएं वैज्ञानिक मस्तिष्क या विज्ञान की ही देन हैं, लेकिन कहा गया है कि यह विज्ञान आनंद के रूप में विकसित होगा अर्थात् सारे संसार के लोग विश्वबंधुत्व की भावना से प्रेरित होकर मुक्त हो जाएंगे। विकास का यही चरण अब हमारा लक्ष्य होना चाहिए। इससे स्पष्ट होता है कि

मनुष्य का वैज्ञानिक स्वरूप मानवीय विकास की चरम सीमा नहीं है। वह अधूरा हैं अपूर्ण है, उसे और भी ऊपर उठना है। ठीक यही सब वैज्ञानिक क्षेत्र में भी हो रहा है, खनिज, तेल, ईंधन औद्योगिक विकास के लिए परमावश्यक हैं। आज हम यूरेनियम भी निकाल रहे हैं और इसी यूरेनियम की सहायता से न्यूक्लीय अस्त्रों का निर्माण किया जा सकता है। इस न्यूक्लीय शक्ति का उपयोग कैसे किया जाए, मानव के कल्याण या प्रगति के लिए या अपने सजातीय बंधु-बांधवों को नष्ट करने के लिए और मानव के कठोर श्रम से निर्मित महान कलाओं और अन्य उपलब्धियों के विनाश के लिए? यह सब मनुष्य की आत्मा पर निर्भर करता है। इस आत्मा को विकसित होना है। इसे व्यक्त होना है, एक छलांग और आगे लगानी है।

आज मनुष्य एक समूह-विशेष के साथ जुड़ा हुआ है और अगर वह अपने-आप में उग्र राष्ट्रीयता की भावना को विकसित करने का प्रयास करता है तो भूपृष्ठ से निकाले जाने वाला यूरेनियम मानव समाज के लिए विनाशकारी सिद्ध हो सकता है। किन्तु यदि हम इसका उपयोग मानवता के कल्याण के लिए करना चाहते हैं, तो यह ज़रूरी है कि मनुष्य बेहतर रूप में अपना विकास करें। एक ओर यूरेनियम के उत्पादन से उत्पन्न चुनौती हमारे सामने है और दूसरी ओर उपनिषद् की यह संकल्पना कि एक बौद्धिक तत्त्व के रूप में मनुष्य का विकास अभी पूरा नहीं हुआ है और वह अभी विकास के अंतिम चरण तक नहीं पहुंचा है—ये दोनों बातें आमने-सामने हैं। यदि हमें अपने युग की चुनौती स्वीकार करनी है, यदि हमें इस दुनिया को एक ऐसा स्वर्ग बनाना है, जहां लोग आज़ादी, सहयोग और मैत्री की भावना से रह सकें, तो यह ज़रूरी है कि मानव समाज अपने विकास में जुट जाए। इसलिए हमें अपने-आपको पूर्ण बनाने के लिए आवश्यक सभी उपलब्ध साधनों का उपयोग करना शुरू कर देना चाहिए।

भारत अपने इतिहास के आरंभ से ही मानव विकास की एक और दिशा की ओर बढ़ने का प्रयास करता रहा है। यदि आप सिन्धु सभ्यता की ओर दृष्टिपात करें तो आपको 'महायोगी' की एक प्रतिमा मिलेगी। इसमें एक व्यक्ति ध्यान की मुद्रा में अपनी प्रकृति को सुधारने में और अपनी वासनाओं पर विजय पाने की चेष्टा करता हुआ दिखाया गया है। बुद्ध की प्रतिमा में भी यही है। इस प्रतिमा में बोधिवृक्ष के नीचे बैठे हुए बुद्ध सत्य की खोज में अपने शरीर को गलाते हुए और अपने मन को कष्ट देते हुए दिखाए गए हैं। उनका कहना था कि अगर मनुष्य अपनी प्रकृति के अनुकूल विकास की दिशा में अग्रसर होता है तो उसे दुःख सहना होगा। हर तरह की प्यास एक नई तरह की प्यास को जन्म देती है। आपको अगर विजयी होना है तो आपमें इतनी शक्ति होनी चाहिए कि आप अपनी प्रकृति को स्थिर कर सकें। जोर्डन नदी के किनारे बैठे जीसस भी मानव प्रकृति के सुधार के बारे में ही सोचा करते थे। इसी प्रकार मोहम्मद भी मक्का की पहाड़ी पर चढ़ते हुए ज़मीन की ओर नहीं झांका करते थे, बल्कि बाहरी दुनिया से बेखबर होकर मानवीय प्रकृति के विकास के बारे में विचार

किया करते थे। हमारे सामने कितनी ही महानात्माएं हैं। इसे अध्यात्मिक अनुशासन या दिव्यात्मा भी कह सकते हैं। यही वह आत्मा है, जिसका हमारे देश में इतिहास के आरंभ काल से ही अर्थात् पिछले 1500 वर्षों से गुणगान किया जाता रहा है।

गांधीजी को ही देखें, वह भारत की आत्मा के प्रतीक हैं। लोग उनके पास आते और पूछते, "आप आज़ादी हासिल करना चाहते हैं, लेकिन इतिहास को देखिए, इतिहास बताता है कि किसी भी देश ने आज तक सत्य और प्रेम के हथियारों से, जैसा कि आप बताते हैं, आज़ादी हासिल नहीं की।" वे जवाब देते, "हमें इतिहास के गलत उदाहरणों का अनुकरण नहीं करना है। हम एक ऐसी मिसाल पेश करेंगे, जिसमें करुणा, अद्रोह और मैत्री के हथियारों से राष्ट्रीय आज़ादी हासिल की गई होगी।" वे इन्हीं आदर्शों के लिए लड़ते रहे। प्राचीन सिन्धु सभ्यता से लेकर गांधी और रामकृष्ण तक एक ही प्रकार की आत्मा रही है, एक ही प्रकार का अनुशासन रहा है। अपने विचारों को आध्यात्मिक प्रज्ञा के, अपनी इच्छाशक्ति को विश्वबंधुत्व की भावना के और अपने भावों को विश्व की एकता के अनुरूप ढालना ही आधुनिक युग की आवश्यकता है। यही विधाता की कामना है, यही इतिहास की सीख है कि हम सहयोग और मैत्री की दिशा में आगे बढ़े ताकि हम अपने-आपको ऊंचे आध्यात्मिक स्तर पर पहुंचा सकें।

यही वह पाठ है, जिसे हमारे देश ने सीखा है और विश्व को सिखाया है। आज भी इस देश में सैनिक तानाशाहों या उद्योगपतियों की वह इज्ज़त नहीं होती जो धोती पहनने वाले गांधी या एक जगह से दूसरी जगह पैदल घूमने वाले विनोबा की होती है। ऐसे बहुत-से उदाहरण मिल जाएंगे जहां तमाम वैज्ञानिक उपलब्धियों से सम्पन्न व्यक्ति से कहीं अधिक सम्मान उस व्यक्ति का होता है जिसने अपनी प्रकृति पर विजय पा ली हो। बुद्ध ने कहा था, "विजय घृणा को जन्म देती है और विजयी व्यक्ति दुःखी रहता है।" हमें किसी प्रकार की भौतिक विजय प्राप्त करना अपना उद्देश्य नहीं बनाना है। आज जब विश्व विनाश के कगार पर खड़ा है और जब हम इस विचार में मग्न हैं कि महान न्यूक्लीय शक्तियों का उपयोग कैसे किया जाए तो हमें इसीपर विचार करना चाहिए कि शक्ति का उपयोग मानव संहार के बजाय किस प्रकार मानव कल्याण के लिए किया जा सकता है। हमें याद रखना चाहिए कि इसी तरह हम मानव समाज के सामने एक मिसाल पेश कर सकते हैं।

हमें यह महसूस करना चाहिए कि मनुष्य आत्मविनाश नहीं चाहता, बल्कि आत्मविकास चाहता है। इसलिए यूरेनियम के विशाल भंडार, जिसे हम हासिल करके न्यूक्लीय शक्ति के रूप में विकसित कर सकते हैं, का उपयोग मानव समाज के कल्याण के लिए और विश्वबंधुत्व की भावना के प्रसार के लिए किया जाना चाहिए। वास्तव में यही हमारा उद्देश्य भी है। ईश्वर भी हमसे यही चाहता है। कि हम एक-दूसरे से प्रेम करें और रचनात्मक कार्यों में जुट जाएं। वह नहीं चाहता कि हम आपस में घृणा करें और अपना विनाश कर लें। हम विनाश के कगार पर खड़े हैं। इसलिए देश-विदेश के सभी महान्

वैज्ञानिकों को इस आध्यात्मिक आयाम का भी ख्याल रखना चाहिए। सिन्धु सभ्यता के काल से लेकर महात्मा गांधी के ज़माने तक हमारे देश में यही विचार सम्मान पाते रहे। अगर हम इस कार्य में सफल हो जाते हैं तो हम न केवल भूगर्भ-सम्पदा और ज्ञान के धनी होंगे बल्कि मानव की शक्ति में भी वृद्धि कर सकेंगे। हम प्रत्येक मनुष्य में अन्तर्निहित अच्छाई की शक्ति को जगा सकेंगे।

कहा जाता है कि अवतार होते हैं। अवतार सिर्फ मुट्ठी-भर लोग ही नहीं होते। अगर मुट्ठी-भर लोग कोई काम कर सकते हैं तो शेष लोग भी कर सकते हैं। हमें सम्पूर्ण मानव जाति को ईश्वर का अवतार बनाना चाहिए। हमें इसके लिए प्रयत्न करना चाहिए। विज्ञान ने हमें सभी आवश्यक उपादान दिए हैं। विज्ञान की सहायता से आज सारा विश्व सिमट गया है। हम प्रत्येक राष्ट्र की आध्यात्मिक परंपरा को समझ सकते हैं और इस प्रकार अगर हम सम्पूर्ण विश्व के आध्यात्मिक साधनों को ज़ुटाकर उनका प्रयोग शुरू कर दें तो हम अपने विश्व को एक बेहतर विश्व बना सकते हैं।

7

विज्ञान मन का स्वभाव

शताब्दियों के बाद आज विज्ञान ने एक सर्वथा नया स्वरूप स्वीकार किया है। राजनैतिक स्वतंलता के बाद अब हम उसी अवसर की उत्सुकता से प्रतीक्षा कर रहे हैं। अब विज्ञान और औद्योगिकी का उपयोग वास्तविक रूप में अपनी जनता के जीवन-स्तर को उंचा उठाने के लिए किया जाएगा। हम आज चारों ओर प्रयोगशालाओं, वैज्ञानिक संस्थानों, स्नातकोत्तर विभागों का जाल बिछा हुआ देख रहे। हैं। हर कोई विज्ञान में दिलचस्पी लेता दिखाई दे रहा है। विज्ञान महज़ एक तकनीक या विशिष्ट ज्ञान नहीं है, बल्कि मन का स्वभाव है। यह एक दृष्टिकोण है चीज़ों को देखने का, एक शक्ति है हर प्रकार के पूर्वाग्रहों से मुक्त होने की। इसकी सहायता से वस्तुओं को उनकी समग्रता में और वस्तुनिष्ठ रूप में देखा जा सकता है। हम वस्तुओं की परख करते समय इसकी सहायता से व्यक्तिनिष्ठता को ज्यादा से ज्यादा परे हटा सकते हैं अर्थात् हम अपने लक्ष्य की ओर पूरी तरह से ध्यान केन्द्रित करने की कोशिश कर सकते हैं।

बहुत-से लोगों ने वैज्ञानिक भौतिकवाद की चर्चा की है, जो आज विज्ञान की चामत्कारिक उन्नति के कारण बहुत चर्चित हो गया है। लेकिन अगर हम थोडी गहराई से विचार करें तो मालूम पड़ेगा कि विज्ञान का लक्ष्य बौद्धिक भी है, भौतिक भी और भावनात्मक भी। हमें निष्काम भाव से अपनी बुद्धि का उपयोग करना चाहिए। हमें परिणाम की परवाह नहीं करनी चाहिए। चाहे कुछ भी हो जाए, मैं तो सत्य का ही अनुसरण करूंगा। लेकिन इसके लिए हमें पूरी तरह से अपने-आपको समर्पित कर देना होगा। सत्य के प्रति यह एक भावनात्मक प्रतिबद्धता है। सत्य के अन्वेषण के लिए यह एक प्रकार का पूरे हृदय से किया गया उत्कट प्रयास होगा, भले ही इसका नतीजा आत्मविनाश ही क्यों न हो। दूसरे शब्दों में कहा जाए तो वैज्ञानिक सत्य के वस्तुनिष्ठ अध्ययन का अर्थ है, बौद्धिक उत्कर्ष, नैतिक उत्कर्ष और भावनात्मक प्रतिबद्धता। इस प्रकार सत्यान्वेषण के कार्य में मानव स्वभाव के ये तीनों पक्ष मौजूद होते हैं। इसलिए यह कहना सही नहीं है कि विज्ञान का सम्बन्ध केवल बौद्धिक विषयों से है और हमारी भावनात्मक और नैतिक शक्तियों से

इसका कोई संबंध नहीं है। यदि हम इसे सही परिप्रेक्ष्य में देखें तो इसकी सहायता से हम इस दुनिया के रहस्य का पता लगा सकते हैं, ज्ञान के नये आयाम खोल सकते हैं, ऐसे नये रहस्यों का उद्घाटन हो सकता है, जिनकी खोज में हम लगे हैं और ऐसी समस्याओं का भी पता लगाया जा सकता है जिनपर तुरंत ध्यान देने की आवश्यकता है। यह सब देखकर ऐसा महसूस होता है कि मनुष्य का मस्तिष्क कितना आश्चर्यजनक है; हम कितना कुछ कर सकते हैं और कितना कुछ विकसित कर सकते हैं। नैतिक उत्कर्ष, भावनात्मक उत्कटता, लक्ष्य के प्रति निष्ठा और सत्यविषयक निष्काम भाव जैसे गुण कितने आवश्यक हैं ! इनकी सहायता से हम अपनी आत्मा, मानव मस्तिष्क की क्षमता और बौद्धिक, भावनात्मक और नैतिक शक्तियों की खोज कर सकते हैं।

हमारे शास्त्रों में कहा गया है : "सर्वशास्त्र प्रयोजनम् आत्मदर्शनम्।" सभी वैज्ञानिक विषयों और वैज्ञानिक अनुसंधानों का एक ही उद्देश्य है, आत्मदर्शन। दूसरे शब्दों में, मनुष्य की आत्मा ही वास्तव में प्रकृति के उद्देश्यों का निर्णय करती है, यह किसी भी चीज़ को पहले से मानकर नहीं चलती हैं। इसमें किसी प्रकार का पूर्वाग्रह नहीं है। यह आपको वहीं ले जाती है, जहां आपको जाना होता है। पश्चिम के ठेठ दार्शनिक विद्वान सुकरात ने कहा है, "आप वहीं जाइए, जहां आपका तर्क आपको ले जाता है।" मृत्युशय्या पर उन्होंने यह भी कहा, "मैं एथेन्सवासी नहीं, विश्व का नागरिक हूं।" हमारा लक्ष्य होना चाहिए बौद्धिक निष्ठा, सार्वभौम करुणा और सारे विश्व की नागरिकता।

विज्ञान केवल किसी एक राष्ट्र की सेवा नहीं करता। इसका लक्ष्य लाभ उठाना या प्रगति करना नहीं है। इसका लक्ष्य है सत्य का निर्मम उद्घाटन, पदार्थों को वस्तुनिष्ठ रूप में जानना। विज्ञान का उद्देश्य है सत्य का ज्ञान। यह आपके उद्देश्य में साधक हो सकता है और बाधक भी बन सकता है; लेकिन जहां तक वैज्ञानिक अनुसंधान का संबंध है, हमारा यह उद्देश्य कतई नहीं होना चाहिए। हमें अपने-आपको इसके लक्ष्य के प्रति पूरी तरह से समर्पित कर देना चाहिए और सच्चाई को जानने की कोशिश करनी चाहिए।

8

विज्ञान और धर्म

दूसरे विश्वयुद्ध के बाद एशिया और अफ्रीका के अनेक देश आज़ाद हो गए। एक क्रांति या सामाजिक क्रांति हुई और लोगों की उम्मीदें बढ़ती चली गईं, लेकिन पूरी न हो सकीं। विज्ञान और औद्योगिकी को अधिकाधिक सम्मान मिलता गया ताकि विश्व के दलित लोगों की न्यायिक आकांक्षाओं की पूर्ति नवीनतम साधनों से की जा सके। और शांति की भी हमें गहरी आकांक्षा है। न्यूक्लीय शक्ति के चामत्कारिक प्रभाव के इस युग में सिर्फ दो विकल्प हैं, सहयोग या विनाश। यही हमारी समस्याएं हैं।

दूसरे विश्वयुद्ध के बाद एशिया और अफ्रीका के अनेक देश आज़ाद हो गए। लेकिन राजनैतिक स्वतंत्रता अपने-आपमें पर्याप्त नहीं है। राजनैतिक स्वतंत्रता के बावजूद अगर हमारे लोग भूख से मर रहे हैं, कपड़े, मकान और शिक्षा का अभाव है, विस्थापन, बीमारी, गरीबी और अज्ञान से त्रस्त हैं तो हमारी आज़ादी किस काम की ? इसलिए विश्व-भर में लोगों की यही मांग है कि लोगों को खाना, कपड़ा और मकान जैसी जीवनावश्यक वस्तुएं मुहैया की जाएं। और उनकी आत्माभिव्यक्ति और विकास में रोड़े न अटकाए जाएं। इन समस्याओं के समाधान का सिर्फ एक ही उपाय है, विज्ञान और औद्योगिकी का विकास और कृषि, उद्योग, चिकित्साशास्त्र आदि में उनका उपयोग।

सारे विश्व को एक इकाई मानना चाहिए। परिवहन और संचार के साधनों के द्वारा आज हम लगभग तत्काल ही विश्व के सुदूर भागों में घटने वाली घटनाओं को जान सकते हैं। इससे विश्वबंधुत्व का लक्ष्य स्पष्ट हो जाता है। एक महान् पैगम्बर ने सारे विश्व को एक परिवार माना है, जिसमें सभी सदस्य समान इकाइयों के रूप में अपना सहयोग देते हैं। यही हमारा लक्ष्य है।

बहुत-से लोग विज्ञान और औद्योगिकी के विकास के नशे में कहने लग जाते हैं कि पदार्थ सबसे अधिक महत्त्वपूर्ण वस्तु है। लेकिन अगर थोड़ी और छानबीन करें तो मालूम पड़ेगा कि मनुष्य की आत्मा सर्वव्यापक है न कि पदार्थ। यह मनुष्य का मस्तिष्क ही है जो प्रकृति के बारे में अपना निर्णय देता है। चाहे वैज्ञानिक खोज हो, औद्योगिकीय विकास हो

या कोई कलात्मक रचना हो, इन सभी वस्तुनिष्ठ कार्यों के सम्पन्न होने में मनुष्य अपनी कोई भूमिका स्वीकार नहीं करता। वह यह तो मानता है कि मनुष्य में व्यक्तिनिष्ठता या आत्मा का एक ऐसा तत्त्व मौजूद है, जिसकी सहायता से वह यह सभी आश्चर्यजनक काम कर पाता है।

ऐसे भी बहुत-से लोग हैं जो कहते हैं कि वे सारी दुनिया में घूम चुके हैं, अंतरिक्षयात्रियों ने भी सारी धरती का चक्कर लगा लिया है, लेकिन कहीं भी उन्हें ईश्वर के दर्शन नहीं हुए। इससे हमें एक बात याद आई, पिछले युग में लोग कहा करते थे, "हमने मनुष्य के शरीर की चीरफाड़ की, लेकिन हमें आत्मा नहीं मिली।" कुछ लोग कहते थे, "हमने टेलीस्कोप से आकाश की खोज की लेकिन हमें वहां भी ईश्वर नहीं मिला।" हमें यह मालूम होना चाहिए कि इन्द्रियों और बुद्धि की सहायता से प्राप्त किया गया ज्ञान पूर्ण नहीं है। एक ऐसा ज्ञान भी है, जिसे हासिल करके मनुष्य यह महसूस करता है कि उसका स्वरूप आध्यात्मिक है और प्रकृति के बारे में भी निर्णय आत्मा ही करती है, आत्मा प्रकृति के रहस्यों को खोलती है, विश्व की गुत्थियों को सुलझाती है और यह महसूस कराती है कि आंखों से दिखाई देने वाली चीज़ों से आगे भी कोई चीज़ है।

विज्ञान क्या है, विज्ञान सत्य की खोज है। और सत्य क्या है ? सत्य कोई ऐसी चीज़ नहीं है जिसे आप अपनी दिमागी ताकत के बल पर बना सकते हों, यह एक ऐसा विषय है जो मानस के परे है और वस्तुनिष्ठ है, लेकिन इसके बावजूद उसे पाने के लिए व्यक्ति को प्रयास करना होगा। आदिम काल से, जब मनुष्य गुफा में रहा करता था, आज तक जब हम धरती के चक्कर काट रहे हैं या अंतरिक्ष को पार करने की कोशिश कर रहे हैं, जितने भी महान् परिवर्तन हुए हैं, उनका कारण सिर्फ मनुष्य का मस्तिष्क या इन्द्रियां नहीं हैं, बल्कि मनुष्य की आत्मा है। जब धर्मग्रंथों में कहा जाता है कि मनुष्य ईश्वर के स्वरूप से ही निर्मित हुआ है या जिस प्रकार एक भारतीय धर्मग्रन्थ में कहा गया है कि देह ही देवालय है तो उनका अभिप्राय यह होता है कि विश्व के सम्पूर्ण घटनाचक्र में वस्तुनिष्ठ कार्यों के सम्पन्न होने में मनुष्य को अपने-आपको मात्र एक साधन ही नहीं मानना चाहिए। उसमें एक ऐसा तत्त्व मौजूद है जो प्रकृति से परे है, इसीकी सहायता से वह प्रकृति के बारे में अपना निर्णय देता है और इसके सहारे वह प्रकृति के रहस्यों को जान पाता है। इसलिए हमें मह समझ लेना चाहिए कि अगर हम अपनी आत्मा को दबाएंगे, मनुष्य के इस भीतरी तत्त्व की अनदेखी करेंगे तो हम कठोर होते जाएंगे, लीक पर चलते जाएंगे और प्रकृति को समझने में या कुछ भी कर पाने में असमर्थ हो जाएंगे।

फिर कला क्या है ? कलाकृति एक ऐसी कृति है, जिससे मनुष्य एक अनुभव से गुज़रता है। और उस अनुभव को अपनी व्यक्तिगत आध्यात्मिक चेतना के साथ अनुप्राणित करके सजीव बना देता है। हमारे देश में कहा जाता है कि कला हमें एक ऐसे नित्य और शाश्वत तत्त्व के साथ जोड़ती है जो सांसारिक भावनाओं से परे है। ये कलाकृतियां एक ऐसी भावना की ओर इंगित करती हैं जो इस संसार में रहते हुए भी

असांसारिक है। चाहे वैज्ञानिक कृति हो, कलाकृति हो या औद्योगिक विकास हो, इन सभीको देखकर यही महसूस होता है कि व्यक्ति प्रकृति का सिर्फ एक अंग ही नहीं है। व्यापक अर्थ में, हर व्यक्ति में कुछ न कुछ गैर प्राकृतिक अंश ज़रूर मौजूद है। यह एक ऐसा अंश है जो प्रकृति से कहीं बढ़कर है। इस अंश को मनुष्य की आत्मा कहा जाता है। यही वह आत्मा है जिसके सहारे मनुष्य ने इस संसार में इतने आश्चर्यजनक काम किए हैं। इसकी बराबरी किसी यांत्रिक वस्तु से नहीं की जा सकती। कुछ लोग कहते हैं कि मनुष्य यांत्रिक, दैवीय या द्वन्द्वात्मक आवश्यकता के कारण ही उत्पन्न हुआ है। वे यह भूल जाते हैं कि मनुष्य में एक ऐसी सहजवृत्ति भी होती है जो उसे महान् या स्वतंत्र होने के लिए प्रेरित करती है और यह वृत्ति मनुष्य के हृदय में अवस्थित है। अगर हम महज़ प्राकृतिक या दैवीय, यांत्रिक या द्वन्द्वात्मक आवश्यकता की उपज हैं तो इस संसार में कोई प्रगति ही न हो। इस तमाम प्रगति का कारण यह है कि इस विश्व की यांत्रिकता से परे भी कुछ है जो सार्वभौम है। ऐसा हमें अनुभव होता है।

प्रत्येक व्यक्ति उस सार्वभौमिक तत्त्व की एक अद्वितीय अभिव्यक्ति है, इसलिए प्रत्येक व्यक्ति अद्वितीय एवं सार्वभौम दोनों ही है। उसमें ईश्वर और प्रकृति दोनों के अंश मौजूद हैं। जब इन दोनों तत्त्वों का समन्वय होता है तो मनुष्य को पूर्ण तत्त्व कहा जाता है। पूर्ण व्यक्ति ही तत्त्वों की इस भिन्नता को समझ पाता है और इस भिन्नता को समाप्त करके दोनों का समन्वय कर लेता है।

जब हम यह कहते हैं कि ये न्यूक्लीय भौतिकशास्त्र की चामत्कारिक उपलब्धियां हैं, ये वे हथियार हैं, जिनका हमने निर्माण किया है और जिनके कारण हमारे सर्वनाश का खतरा पैदा हो गया है तो हम भी जीवित रहने की एक जीव-वैज्ञानिक सहजवृत्ति का अनुभव करते हैं। हमारे लिए यह ज़रूरी है कि हम न्यूक्लीय विकास के लोभ का संवरण करें और इन वस्तुओं पर अपनी श्रेष्ठता प्रमाणित करने का प्रयास करें। वे हमारे स्वामी नहीं हैं। हमने न्यूक्लीय अस्त्रों की खोज की है। हम उनके अन्वेषक हैं, इसलिए हमें चाहिए कि हम उनका इस्तेमाल शांतिपूर्ण उद्देश्य के लिए करें न कि आत्मविनाश या मानव समाज के सर्व नाश के लिए।

हमें यह याद रखना चाहिए कि इस संसार में एक के बाद एक बैबिलोनियन, असीरियन, ग्रीक आदि अनेक सभ्यताओं का उदय हुआ। जब आप इन सभ्यताओं का इतिहास पढ़ेंगे तो एक बुनियादी बात सामने आएगी। जिन सभ्यताओं ने भौतिक वस्तुओं, हथियारों या अस्त्र-शस्त्रों को महत्त्व दिया, उनका नामोनिशान मिट गया। और जिन्होंने मैत्री, प्रेम, भाईचारे की भावना विकसित करने का प्रयास किया वे बचे रहे। भले ही वे कितने ही शिथिल क्यों न पड़ गए हों, किन्तु बचे रहे। अगर हमें इतिहास कोई पाठ पढ़ा सकता है तो वह यही पाठ है। जो देश शांति और मैत्री के लिए प्रतिबद्ध होते हैं और जो विज्ञान और औद्योगिकी की महान् उपलब्धियों का उपयोग मानवीय सहयोग की भावना विकसित करने

के लिए करते हैं, वही देश ज़िन्दा रहते हैं। इस युग में भी, जब कि मावन समाज पर विनाश के बादल मंडरा रहे हैं, मुझे विश्वास है कि अगर हम विश्वबंधुत्व की भावना अपनाएंगे तो हम न्यूक्लीय हथियारों से उत्पन्न खतरे पर विजय पाएंगे। हमारा सन्देह विश्वास में, हमारी निराशा आशा में और अनिश्चय धारणा में परिणत हो जाएगा।

मनुष्य में असत् पर विजय पाने की शक्ति मौजूद है। सत् और असत् का द्वन्द्व हमेशा ही हमारे सामने रहता है। मानवीय कार्यों के लिए हम सुन्दर स्मारकों का निर्माण करते हैं; जैसे रेडक्रॉस, रेड क्रसेंट और इसी प्रकार के अन्य संगठन। दूसरी ओर हम मनुष्य को क्षत-विक्षत करने के लिए अनेक हथियारों का निर्माण करते हैं। हम अपनी रक्षासेनाएं तैयार करते हैं और इन रक्षासेनाओं के प्रहार से क्षत-विक्षत व्यक्तियों के उपचार का भी प्रयास करते हैं। मानव स्वभाव का यही द्वन्द्व सत् और असत् का संघर्ष है। मानव समाज की यही ध्रुव स्थिति है और हमें इसी स्थिति को बदलना है। हमें यह प्रयास करना है कि असत् का नाश हो और सत् की विजय हो। इसी काम के लिए मनुष्य ने इस धरती पर जन्म लिया है। जहां एक तरफ मानवेतर प्राणी सहज या स्वतः स्फूर्त रूप में अपना व्यवहार करते हैं, वहां मनुष्य से यह अपेक्षा की जाती है कि वह सजग होकर अपना व्यवहार करे। हमें अपने विवेक का उपयोग उन वर्तमान विध्वंसक परिवर्तनों से बचने के लिए करना होगा जो आज मानव समाज के लिए संकट बन गए हैं। ज्ञान को प्रज्ञा से जीतना होगा। हम सभी मनुष्यों में निहित दिव्यात्मा का विकास महान् विश्वविद्यालयों में कर सकते हैं।

यह सोचना गलत है कि विज्ञान और धर्म परस्पर विरोधी हैं। विज्ञान और धर्म मनुष्य के दो आयाम हैं, युक्तिमूलक और आध्यात्मिक। इन दोनों आयामों को अलग नहीं किया जा सकता। अगर मानव को सच्चे अर्थों में मानव बनना है तो आवश्यक है कि इन दोनों आयामों में परस्पर समन्वय स्थापित किया जाए। विज्ञान और औद्योगिकी की उपलब्धियों, जिन्हें आज हमने हासिल कर रखा है। और प्रज्ञायुक्त सच्ची धार्मिक भावना, जो मानव कल्याण के लिए आवश्यक है, में कोई विरोध नहीं है।

मानव कल्याण का आदर्श हमें अपने सामने रखना है। मानवता सभी राष्ट्रों से ऊपर है और हमें भाईचारे की भावना से राष्ट्रों को एक-दूसरे के करीब लाना है। जिस प्रकार मनुष्य ने व्यक्तिगत हिंसा के अपने अधिकार को छोड़ दिया है, कबीलों ने अपनी व्यक्तिगत सेना रखना छोड़ दिया है, जिस प्रकार उन्होंने अपनी सारी सेना और शक्ति राष्ट्रों के हाथों में सौंप दी है और जब व्यक्तियों या कबीलों के बीच विवाद उठ खड़े होते हैं तो वे निर्णय और न्याय के लिए अपने राष्ट्र की ओर उन्मुख होते हैं, उसी प्रकार एक ऐसा समय भी आएगा जब राष्ट्र अपनी प्रभुसत्ता छोड़ देंगे, अपने हथियार छोड़ देंगे और बल प्रयोग की सारी ताकतें एक विश्वसत्ता को सौंप देंगे जो आज भी विश्व में विद्यमान है और अपनी समस्याओं के समाधान के लिए और न्याय पाने के लिए उस संगठन की ओर उन्मुख होंगे।

9

आदर्श विश्वविद्यालय

सन् 1917 की अक्तूबर क्रांति के बाद से बच्चों की देखभाल, युवकों के प्रशिक्षण और कलाकारों तथा बुद्धिजीवियों, विश्वविद्यालयों तथा अकादमियों को प्रोत्साहन देने के काम पर विशेष ध्यान दिया जा रहा है।

इमारतें विश्वविद्यालय नहीं हैं। अध्यापक, विद्यार्थी और ज्ञान का अर्जन विश्वविद्यालय की आत्मा है। विश्वविद्यालय राष्ट्र के बौद्धिक जीवन के पवित्र मंदिर हैं। राष्ट्रीय जीवन की मज़बूत जड़े लोगों में होती हैं। ये विश्वविद्यालय राष्ट्रीय जागरण के स्रोत हैं। ये समाज के क्रांतिकारी आंदोलनों की चेतना हैं। जब हम शिक्षा देते हैं तो पहले हम सिद्धांतों पर बहस और चर्चा शुरू करते हैं। शिक्षित युवक इनपर अपने विचार व्यक्त करते हैं और अगर कोई दोष हो तो वे उसकी तरफ इंगित करेंगे। हम विश्वविद्यालयों में केवल डॉक्टर और इंजीनियर ही तैयार नहीं करते बल्कि ऐसे स्त्री-पुरुष भी तैयार करते हैं जो स्वयं सोच सकते हों। वे हर बात दलीय नीति के अनुसार तय नहीं करते। अगर हम लोगों की प्रवर्तन या स्वतंत्रता की भावना को ही नष्ट कर देते हैं तो यह काम हम अपने ही जोखिम पर करेंगे। अगर लोगों का बौद्धिक उत्साह ही समाप्त हो जाए तो सभ्यता का भविष्य अंधकारमय हो जाएगा।

मनुष्य के विकास को यांत्रिक कौशल या बौद्धिक क्षमता की प्राप्ति के साथ जोड़ने का भ्रम नहीं होना चाहिए। मनुष्य की आत्मा का विकास ही मनुष्य का विकास है। आधुनिक मनुष्य जनसमुदाय में खो गया है। वह उन सभी बातों को स्वीकार कर लेता है जो समाज और समाज के फिल्म, रेडियो, टेलीविज़न, अखबार आदि अभिव्यक्ति के साधन उसके सामने रखते हैं। हममें स्वतःस्फूर्त चिंतन में कमी आती है और सत्य को क्षति पहुंचती है। हम महाकाव्यों और शास्त्रों के अध्ययन के द्वारा, जिनसे हमारे सामने अनेक महान् चिंतक प्रकट हो जाते हैं, अपनी आत्मा का विकास करते हैं। यद्यपि हम शारीरिक रूप में अपने देश और युग से जुड़े हैं, ज्ञानपिपासु के रूप में हम सभी शताब्दियों और युगों से जुड़े हुए हैं।

अपने समय में हमने विश्वविद्यालय में पुश्किन, टॉल्स्टॉय, दास्ताएबस्की, तुर्गनेव, चेखव, गोर्की जैसे महान् लेखकों को पढ़ा है। इन रचनाओं के द्वारा ही हमें रूसी लोगों

और उनकी प्रतिभा को सराहने का मौका मिला। उन्हींसे हमें रूस की दलित चेतना और आध्यात्मिक भूख की जानकारी मिली। मनुष्य अब और खालीपन से संतुष्ट नहीं रह सकता क्योंकि इससे निराशा का जन्म होता है। हम जानते ही हैं कि किस प्रकार रूसी संत-महात्माओं ने सत्य, साधुता और सौन्दर्य की खोज का दायित्व स्वीकार किया। इस कार्य के लिए उन्होंने अपनी जान भी जोखिम में डाल दी। हमें यह याद रखना चाहिए कि कोई भी राष्ट्र अपने आकार या समृद्धि से महान् नहीं बनता। अगर हम अपने भौतिक साधनों का उपयोग आत्मा की मुक्ति या आत्मा के विस्तार के लिए करते हैं, तभी हम महान् कहलाने के काबिल हो सकते हैं।

ऐसे बहुत-से नास्तिक लोग हुए हैं जो कहते हैं कि वे ईश्वर में विश्वास नहीं करते, लेकिन उनके आचरण से ऐसा लगता है कि वे विश्वास करते हैं और ऐसे बहुतसे धार्मिक लोग हैं, जो कहते हैं कि वे ईश्वर में विश्वास करते हैं, लेकिन उनके आचरण से ऐसा लगता है कि वे विश्वास नहीं करते। जिन लोगों ने अणुशक्ति की खोज की, उन्होंने अपनी जान जोखिम में डालकर एक सच्चे मानव समाज की नींव डालने की कोशिश की। आज हमें ज़रूरत है मानव प्रेम, भाईचारे और सद्भाव की।

अगर सोवियत संघ में संगठित धर्म के प्रति एक जेहाद छेड़ा गया है तो इसमें उस देश का ही पूरा दोष नहीं है। मनुष्य समाज के आध्यात्मिक कल्याण के लिए धार्मिक प्रचार करने वाले लोग मुक्ति के ज्ञान के संबंध में घटिया किस्म की प्रतिस्पर्धा में उतर आते हैं। आत्मा की छीना-झपटी में लगी धर्मप्रचारक संस्थाएं धर्म के वास्तविक अर्थ को नहीं समझतीं। धार्मिक कट्टरवादियों ने धर्मयुद्धों में यूरोप को बर्बाद कर दिया। यही वे लोग हैं जिन्होंने धर्मयुद्ध के जोश में दावा किया कि उनके पास अंतिम, अद्वितीय, ऐकांतिक और अतुलनीय शक्ति के रहस्योद्घाटन का एकाधिकार है। ये लोग ही परोक्ष रूप में दुनिया के अधिकांश भागों में धर्म के पतन या अनास्था के अभिशाप के लिए ज़िम्मेदार हैं। वैज्ञानिक भावना और आलोचना उनकी विफलता का कारण बनीं। धार्मिक कट्टरता आध्यात्मिक कायरता की ही निशानी है। अनेक आधुनिक विचारक प्राचीन हठधर्मिता को स्वीकार करने के लिए तैयार नहीं हैं। स्व० प्रोफेसर ए० एन० ह्वाइटहेड का कहना है कि इन तमाम बुराइयों की शुरुआत ईसाइयत के व्याख्याताओं से हुई। इन लोगों ने विचार-विमर्श के सभी रास्ते बंद कर दिए और घोषणा कर दी कि वे इस विषय के बारे में सब कुछ जानते हैं। विचारों को अंधविश्वास ने जकड़ लिया। उन्होंने कहा, "बाइबिल के साथ सबसे बड़ी बुराई रही है उसके व्याख्याता। उन्होंने असीम और अनंत की भावना को सीमित और सांत बना दिया।" इस संबंध में न्यूटेस्टामेंट के पहले व्याख्याता पॉल[1] तो बिल्कुल ही निकृष्ट व्याख्याता थे। वह

1. लुसिएन प्राइस द्वारा रेकॉर्ड किए गए अल्फ्रेड नॉर्थ ह्वाइटहेड के संवाद (1954)।

मानते थे, ईसाई धर्मविज्ञान मानव जाति पर पड़े सबसे बड़े संकटों में से एक हैं।"[1] धार्मिक अनुभव और धर्म विज्ञान के स्वरूप के संबंध में वह भारतीय विचारकों से सहमत हैं। "रहस्यवाद कम से कम हमें वहां तो ले जाता है जहां रहस्यवादी अनुभव से कुछ न कुछ ऐसा निर्मित किया जा सके जो हमें बचा सकता है या कम से कम इसकी याद तो बचा ही सकता है। शब्द ज्यादा से ज्यादा यही बता सकते हैं कि हम यह जानते हैं कि हमने अनंत तत्त्व के साथ सम्पर्क कर लिया है और यह भी जानते हैं कि कोई भी सीमित पदार्थ इसकी व्याख्या नहीं कर सकता।"[2]

हम धर्म को ईश्वर से सम्पर्क का एक साधन मानते हैं और धार्मिक विवादों को गौण या असम्बद्ध मानकर उनकी उपेक्षा नहीं करते। हम अविशिष्टीकृत सार्वजनीनता या अविशिष्टीकरण में विश्वास नहीं रखते। हम धर्मों के बीच सहभागिता में विश्वास नहीं रखते। प्रोफेसर अर्नाल्ड टॉइनबी लिखते हैं : "मेरा पालन-पोषण इस विश्वास के साथ किया गया कि सिर्फ ईसाइयत में ही सम्पूर्ण सत्य की व्याख्या की सामर्थ्य है। अब मैं यह मानने लगा हूं कि सभी ऐतिहासिक धर्म और दर्शन सत्य के एक या दूसरे पक्ष की आंशिक व्याख्या करते हैं। विशेष रूप से बौद्ध और हिन्दू धर्म ईसाइयत, इस्लाम और यहूदीवाद को यह तो सिखा ही सकते हैं कि आज के विश्व में दूरियां इस हद तक बढ़ती जा रही हैं। कि मनुष्य का विनाश अवश्यंभावी है। यहूदी धर्म के समान भारतीय धर्म अपने-आपको विशिष्ट नहीं मानते। वे यह मानते हैं कि रहस्यमय परमतत्त्व तक पहुंचने के और भी रास्ते हो सकते हैं। और मुझे यह बात यहूदीवाद, ईसाइयत और इस्लाम के इस दावे से कहीं अधिक सच्ची लगती है कि उनकी व्याख्या अद्वितीय और अंतिम है। इसी भारतीय दृष्टिकोण के संबंध में मेरी पुस्तक के अंतिम चार खंड लिखे गए हैं। हम सबके लिए, उस रहस्यमय परमतत्त्व तक पहुंचने का सबसे आसान तरीका निश्चित रूप से पैतृक धर्म ही हो सकता है, लेकिन इसका अर्थ यह नहीं है कि वह अन्य धर्मों द्वारा बताए गए मार्गों को अस्वीकार कर दे। अगर कोई व्यक्ति अपने अलावा दूसरे धर्मों में भी प्रवेश कर लेता है तो उसे लाभ ही होगा, हानि नहीं।[3]

जहां हमें एक तरफ कट्टरता की बीमारी से छुटकारा पाना होगा, वहां हमें तर्कसम्मत धर्म की आवश्यकता को अवश्य स्वीकार करना चाहिए। आधुनिक व्यक्ति एक आत्मनिर्भर इकाई बन गया है, जिसने एक ऐसी शक्ति की अनदेखी कर दी है, जो उसकी समझ और नियंत्रण से परे है। इसकी वजह से मनुष्य विकलांग हो गया है। उसे उसके व्यक्तित्व के अनुरूप पूर्ण बनाने के लिए हमें एक युक्तिसंगत धर्म की आवश्यकता है। ऐसा युक्तिसंगत

1. लुसिएन प्राइस द्वारा रेकॉर्ड किए गए अल्फ्रेड नॉर्थ ह्वाइटहेड के संवाद (1954)।
2. वही।
3. इंटरनेशनल अफेयर्स (1955) : ए स्टडी ऑफ हिस्ट्री : 'ह्वाट आई ऐम ट्राइंग टु डू?'

धर्म विज्ञान की भावना के अनुरूप नहीं हैं। आइंस्टीन अपनी किताब 'द वर्ल्ड ऐज़ आई सी इट' में लिखते हैं कि 'उनकी धार्मिक भावनाएं प्राकृतिक नियमों के साथ मिलकर एक विस्मयकारी दृश्य उपस्थित करती हैं, जिनसे मनुष्य का सम्पूर्ण व्यवस्थित चिंतन और कार्य इस श्रेष्ठ बुद्धि के साथ तुलना करने पर बिलकुल बेकार लगता है। जब वह स्वार्थी इच्छाओं के घेरे से निकलने का प्रयत्न करता है तब यह भावना उसके जीवन और कार्यों के लिए मार्गदर्शी सिद्धांतों का काम करती है। सभी युगों के धार्मिक नेता इस बात को असंदिग्ध रूप में मानते हैं।"

विश्वविद्यालय के विद्यार्थियों को अज्ञान, अन्याय, दमन और भय के खिलाफ संघर्ष करने के लिए प्रशिक्षित किया जाना चाहिए। ब्रिटिश, फ्रांसीसी, अमेरिकी और रूसी क्रांतियां स्वाधीनता-पथ के विभिन्न चरणों की परिचायक हैं। उनकी गूंज विश्व के सभी भागों में सुनाई पड़ी और उसने मनुष्य के मस्तिष्क को विचलित कर दिया। ये सभी क्रांतियां व्यक्ति की पवित्रता की भावना और अपने विश्वास के अनुसार सोचने, व्यक्त करने और पूजा करने की भावना पर आधारित थीं। कानून के सामने सभी समान हैं। उसे अपनी शक्तियों के विकास का पूरा अवसर मिलना चाहिए। विश्व में विशेष कर एशिया और अफ्रीका में ऐसे बहुत-से भाग हैं जहां इन सार्वभौमिक सिद्धांतों को अभी तक मान्यता नहीं मिली है। वही देश, जिनके क्रांतिकारी विचारों ने मानवता को राह दिखाई, आज इन देशों में उक्त सिद्धान्तों को मान्यता दिलाने में रुकावटें डालते मालूम पड़ रहे हैं। लगता है शायद वे भूल गए हैं कि समय कभी नहीं रुकता, राष्ट्रीय और अंतर्राष्ट्रीय दोनों ही क्षेत्रों में परिवर्तन मानव जीवन की विशेषता है। अध्यापक का कार्य है कि वह अपने विद्यार्थियों को वह न दे जो विद्यार्थी चाहते हैं, बल्कि उन्हें वह चाहने के लिए प्रेरित करे जो उन्हें वह दे रहा है।

10

पारंपरिक मूल्य और आधुनिक ज्ञान

आज मनुष्य का व्यक्तित्व विभाजित, विदीर्ण और विशृंखलित हो गया है और जब तक इस बुराई को दूर नहीं किया जाता और उसकी प्रकृति को समन्वित नहीं किया जाता, वह उस परमतत्त्व को पाने में असमर्थ ही रहेगा। दूसरे शब्दों में कहा जाए तो आंतरिक और बाह्य पक्ष सम्बद्ध होने चाहिए और साथ मिलकर चलने चाहिए, तभी हम अपने-आपको अधूरे मनुष्य, जैसा कि हम हैं, कहने के बजाय पूर्ण मनुष्य कह पाएंगे।

हम किस प्रकार सत् और असत् के इस संघर्ष से विजय पा सकते हैं? इसका सिर्फ एक उपाय है। हमें बताए गए आध्यात्मिक मार्ग के अनुसरण द्वारा मनुष्य को सिखाया गया है कि वह अपने स्वभाव पर काबू पाए, ध्यान करे और एकांतवास करे। जब तक वह परमतत्त्व हमारे साथ है, हम अकेले नहीं हैं। ईश्वर हमारे साथ है और उसका साथ हमें सुख और चैन प्रदान करता है। इसलिए ज़रूरी है कि हम ध्यान करें और आध्यात्मिक मार्ग का अनुसरण करें ताकि हम अपनी प्रकृति को समन्वित कर सकें। मनुष्य के व्यक्तित्व का समन्वय ही सभी संस्कृतियों का लक्ष्य है। अगर हम मानते हैं कि मनुष्य अपनी आज की अधूरी, अधम और अज्ञान की स्थिति से ऊपर उठ सकता है और प्रज्ञा, हर्ष और आनन्द की अवस्था में पहुंच सकता है तो यह मार्ग असत् पर विजय का मार्ग है। ठीक इसी दृष्टिकोण को जरथुस्त्र द्वारा तीन वाक्यों में प्रकट किया गया है। मानवीय कार्यों के तीन चरण हैं : शत्रु को मित्र बनाना, नीच आदमी को पुण्यात्मा बनाना और निरक्षर को विद्वान् बनाना। यहां समाज-सेवा को महत्त्व दिया गया है—समाज-सेवा, आध्यात्मिक संयम, परमतत्त्व की खोज। जब भारत में इस्लाम आया तो उसने भी तीन बातों पर जोर दिया : स्वतंत्रता, गरिमा, समानता और परमतत्त्व की पहचान की शक्ति। इन बातों को एक बार फिर से महत्त्व दिया गया है।

सूफीवाद धार्मिक क्षेत्र में ईरानी मनीषा का सर्वोच्च शिखर है। आप यहां उन्हीं गुणों का उल्लेख पाएंगे, जिन्हें जरथुस्त्र के धर्म या स्वयं ऋग्वेद में बताया गया है। दाराशिकोह ने उपनिषदों का अनुवाद किया और एक किताब लिखी, 'सूफीवाद और वेदान्त के दो सागरों का मिलन'। उन्होंने स्पष्ट किया कि ये दोनों दर्शन एक ही बात पर ज़ोर देते हैं। दोनों ईश्वर की

रहस्यमयता और परमात्मा की स्नेहपूर्ण आत्मीयता को महत्त्व देते हैं। ये दोनों गुण वेदांत और सूफी दोनों ही दर्शनों में पाए जाते हैं। स्नेहपूर्ण आत्मीयता के बारे में सादी कहते हैं, "परमात्मा की उदारता और सौजन्य तो देखो। गुलाम ने पाप किया लेकिन परमात्मा उसपर शर्मिन्दा है।" नीचतापूर्ण या अनुचित कार्य हम करते हैं लेकिन इसका दोष परमात्मा अपने ऊपर ले लेता है। उन्होंने इसे इस तरह से पेश किया है। वह आगे हमें बताते हैं कि परमात्मा आकाश का सुलतान नहीं है, जो कहीं दूर घर में रहता हो। वह हर मनुष्य के अंदर अतल गहराइयों में निवास करता है। वह हमें बताते हैं, "मेरे पिता खुद मेरी अपेक्षा मुझसे कहीं अधिक नज़दीक हैं, फिर भी मुझे लगता है कि मैं उनके लिए अजनबी हूं।" यही विरोध है। हर मनुष्य में ईश्वर मौजूद है, फिर भी चूंकि हम संसार की चमक-दमक में या नश्वर पदार्थों में डूबे हुए हैं, और ये नश्वर या अनित्य पदार्थ मनुष्य की नित्य या शाश्वत इच्छाओं की कभी पूर्ति नहीं कर सकते, इसलिए हमें लगता है कि हम उसकी खोज करने में असमर्थ हैं।

ईश्वर की उपस्थिति एक बात है और उस उपस्थिति का एहसास दूसरी बात। इस प्रकार की धार्मिक पूर्णता इसी प्रक्रिया में है कि किस प्रकार उसकी उपस्थिति को उपस्थिति के एहसास में बदला जा सके। महान् रहस्यवादी जलालुद्दीन रूमी कहते हैं, "मैं खनिज था; मैं ग्रह था; मैं पशु था; और अब मैं मनुष्य हूं और मनुष्य के स्तर से ऊपर उठकर आध्यात्मिक स्तर पर पहुंचना चाहता हूं। यही अंत है, लेकिन अभी मुझे वहां तक पहुंचना है।"

मानव बुद्धि के विकास के बावजूद लौकिक विकास की प्रक्रिया अपने चरम शिखर तक अभी नहीं पहुंची है। रास्ता लम्बा है और इसे अभी मनुष्य के स्तर से भी आगे जाना है। उसे अभी वर्तमान स्थिति से निकलकर उस स्थिति तक पहुंचना है जो उसकी अपनी आत्मा से भी आगे है। एक सूफी सिद्धांत में कहा गया है, "मैं वह सत्य हूं जिसके लिए कितने ही महान् संतों ने अपने जीवन का बलिदान दे दिया।" इससे स्पष्ट है कि सत्य कहीं और नहीं मनुष्य के भीतर ही है और हर व्यक्ति उसे खोज सकता है और उस दिव्य सत्ता को प्राप्त कर सकता है। यदि यही धर्म है तो स्पष्ट है कि भविष्य के लिए कुछ भी अपरिहार्य नहीं है। प्रत्येक मनुष्य में उसी असीम दिव्यशक्ति का भंडार है। हम इसीको ईश्वर कहते हैं। फिट्ज़जेरल्ड के अंग्रेज़ी अनुवाद के अनुसार प्रसिद्ध गणितज्ञ-ज्योतिषी ओमर ने कहा था कि सृष्टि के पहले दिन जो लिखा जाएगा, वही कयामत के दिन काटा जाएगा। अगर सचमुच सूफीवाद, वेदान्त और रहस्यवाद में कोई सच्चाई है तो यह सिद्धांत कि यह जीवन एक निरंतर प्रक्रिया है, सच नहीं हो सकता।

भविष्य में कुछ भी अपरिहार्य नहीं है। भविष्य में एक प्रकार की अनिश्चितता है। अनेक इतिहासकारों ने इतिहास की खोज करके लिखा है कि इसमें कोई निश्चित व्यवस्था नहीं है, यह अदृश्य के हाथ का खिलौना है। इसके विपरीत निम्नतर योनियों में सभी बातें सहज और स्वतःस्फूर्त होती हैं, इसलिए सभी कुछ निश्चित होता है, लेकिन मनुष्य के संबंध

में कुछ भी निश्चित या पूर्वनिर्धारित नहीं है। मनुष्य के लिए संभव है कि वह अपनी व्यवस्था के अनुरूप घटनाओं को ढाल ले। इसलिए मनुष्य के सामने पूरा भविष्य है। हमें यह सोचने की ज़रूरत नहीं कि हम किसी विशेष मार्ग से बंधे हुए हैं।

ईश्वर की सत्ता का वर्णन अलग-अलग शब्दों में किया गया है। हमारे यहां कहा गया है : वह तुम ही हो। बुद्ध कहते हैं कि हममें से प्रत्येक के अंदर बोधितत्त्व मौजूद है। जीसस कहते हैं कि ईश्वर का राज्य तुम्हारे भीतर है। हज़रत मुहम्मद कहते हैं कि ईश्वर गले की हमारी शिराओं से भी ज्यादा नज़दीक है। इन सभी लोगों ने मनुष्य में दिव्यशक्ति की मौजूदगी की पुष्टि की है। यही वह शक्ति है जो हमें गरिमा और दायित्व प्रदान करती है। और इसीके कारण हमारा यह विश्वास दृढ़ होता है कि हम इच्छानुसार अपने भविष्य का चुनाव कर सकते हैं। हमें यह खोजने की कोशिश करनी चाहिए कि हम चाहते क्या हैं। अगर हम अपने विचारों पर दढ़ हैं तो उसे जानने के बाद हम एकजुट होकर उसे कार्यरूप में परिणत कर देते हैं। ऐसी कोई चीज़ नहीं है जो मनुष्य के लिए असंभव हो।

चूंकि हम बंटे हुए हैं, आपस में लड़ रहे हैं, हमारा स्वभाव उच्छृंखल है, हम संगठित नहीं हैं, इसलिए हम अपने सामने आने वाले हर प्रश्न पर द्विविधाग्रस्त हैं। बाहरी द्विविधा हमारी अपनी आत्मा की द्विविधा का प्रतिबिम्ब है। अगर हम अपनी प्रकृति में समन्वय स्थापित करने वाले तत्त्व की खोज में सफल हो जाएं तो हम तत्काल पाएंगे कि जीवन में कुछ भी तय या निश्चित नहीं है, लेकिन सभी कुछ हमारे सामने अनावृत पड़ा है। और अब यह हमपर निर्भर है कि हम विश्व का भविष्य किस तरह से गढ़ते हैं।

हैरोडोटस और ऐशिलस दोनों ने ही फारसवासियों की चर्चा की है। दोनों ने ही स्वीकार किया है कि फारसवासी बहुत बहादुर और सत्य के पुजारी हैं। न वे असत्य लिखना पसंद करते थे और न ही असत्य बोलना, इसलिए हमेशा ही सत्य लिखते और सत्य बोलते। अगर यूनानियों के साथ युद्धों में उन्हें मुंह की खानी पड़ी तो उसका कारण यह था कि उनके हथियार घटिया थे और उनकी तैयारी पर्याप्त नहीं थी। ऐशिलस ने अपने नाटक 'फारसवासी' में यह लिखा है। यूनानियों और फारसवासियों के बीच संघर्ष की चर्चा करते हुए हैरोडोटस भी यही मंतव्य प्रकट करते हैं। यद्यपि दोनों ही लेखक यूनानी थे फिर भी वे ईमानदारी से मानते हैं कि जहां तक मूलभूत गुणों और व्यक्तिगत साहस का संबंध है, फारसवासी यूनानियों या किसी भी अन्य जाति से पीछे नहीं थे, लेकिन हथियारों और तैयारी में वे उनसे पीछे थे।

केवल फारसवासी ही नहीं, पूर्व के सभी देश इसी अभिशाप से ग्रस्त रहे हैं। जहां तक अफ्रीका और एशियावासियों का संबंध है, उनकी सबसे बड़ी समस्या यह रही है कि वे जीवन-संग्राम में पीछे छूट गए हैं। प्रतियोगिता तो चुस्त और मज़बूत लोगों के बीच होती है न कि आलसी और प्रमादी लोगों के बीच। हम स्वप्नदर्शी हो गये हैं। चप्पू एक तरफ रखकर

अतीत को अपनी गौरवपूर्ण उपलब्धियों के ख्याल में डूबे रहते हैं। इसके अलावा हमें इस दुनिया में अपनी ज़रूरतों को भी तो पूरा करना है और नई चुनौतियों का सामना करना है। ये विश्वविद्यालय ही हैं जहां पारंपरिक मूल्यों और आधुनिक ज्ञान के बीच समन्वय स्थापित किया जा सकता है।

आखिर विश्वविद्यालयों का उद्देश्य क्या है ? इनका काम है विचारों और आदर्शों, कौशल और तकनीकों को एक पीढ़ी से दूसरी पीढ़ी तक पहुंचाना। विचार और आदर्श तो वही रहेंगे, लेकिन कौशल और तकनीकों में हर युग में परिवर्तन होता जाएगा और जब तक हम आधुनिक चुनौतियों को पूरा नहीं करते, हम पीछे छूट जाएंगे।

खण्ड 2

अन्तर्राष्ट्रीयतावाद

1

शांति की प्यास

नेहरूजी ने 3 सितम्बर, 1936 को शीला ग्रांट डफ को अपने एक पत्र में लिखा, "मैं भारत की स्वाधीनता के लिए भी युद्ध नहीं चाहूंगा या दूसरे शब्दों में कहा जाए तो मैं भारत में किसी ऐसी स्वाधीनता की कल्पना नहीं कर सकता जो विश्व-भर में संघर्ष छेड़कर प्राप्त की गई हो। सभी कुछ उलझा हुआ है। हमें गहराई में झांककर बुराई की जड़ों की जांच करनी होगी और यथासंभव अच्छाई का विनाश बचाते हुए बुराई को दूर करने की कोशिश करनी होगी।" दूसरे शब्दों में, युद्ध के मूल कारण हैं अज्ञान और एक-दूसरे के बारे में गलतफहमी। रोमन नाटककार टेरेन्स इसी बात को अपने एक पात्र के मुंह से कहलाते हैं, "मैं एक मनुष्य हूं, इसलिए जो चीज़ मानवीय नहीं है, उससे मेरा कोई सम्बन्ध नहीं।" युद्ध टालना ही आज सम्पूर्ण मानव जाति की सबसे बड़ी चिन्ता है।

लोगों के आपसी मतभेदों को मिटाना ही शांति है और इसने अविश्वास और पूर्वाग्रह के खिलाफ लड़ाई छेड़ दी है। अन्तर्राष्ट्रीय सामंजस्य या मानवीय समझौतों का यही एक उद्देश्य है। मतभेदों को सुलझाने के लिए ताकत का प्रयोग न केवल अनैतिक है, बल्कि एक नीति के रूप में भी अनुचित है।

मानव स्वभाव में एक अजीब दुविधा है, जिसके कारण जब हम किसी कार्य को अनुचित समझते हैं, फिर भी उसे करने में प्रवृत्त होते हैं। पौंटियस पाइलेट की इस घोषणा के बाद भी कि जीसस निर्दोष हैं, उन्हें मौत के घाट उतार दिया गया। वास्तव में इस संदर्भ में भी वही किया गया जो हम आम तौर पर करते हैं कि कहते कुछ हैं और करते कुछ और हैं। ऐसे लोग भी, जो अपने निजी जीवन में सभ्य और सौम्य हैं, न्यूक्लीय युद्ध की आशंका से ग्रस्त हैं। यह युद्ध न केवल सभीकी जान ले लेगा बल्कि सभ्यता का भी नाश कर देगा। विश्वबन्धुत्व की भावना के प्रसार के लिए ज़रूरी है कि हम समान उद्देश्य और मानवीय सहयोग को महत्त्व प्रदान करें। प्रेम से हर जगह लोगों के दिलो-दिमाग में अपनी जगह बना लें।

स्थायी शांति की स्थापना युद्ध छेड़ने की अपेक्षा कहीं अधिक लम्बी और जटिल प्रक्रिया है।

तेज़ी से विलीन होते हुए इस विश्व में यह याद रखना ज़रूरी है कि हमारी सुरक्षा स्थायी आध्यात्मिक मूल्यों में है, इसलिए हमें इसे पूरी निष्ठा के साथ बनाए रखने की कोशिश करनी चाहिए। बौद्धों का मानवतावाद इस विचार से शुरू होता है कि मानव का अस्तित्व दुःखमय है और दुःख को मिटाने के लिए ज़रूरी है लोभ का संवरण। यहां सम्पूर्ण मानव जाति की विश्वजनीनता को महत्त्व दिया गया है। शांति कायम रखने के लिए आत्मालोचन और अन्तर्राष्ट्रीय अनुशासन बहुत ज़रूरी है।

2

युक्तिमूलक धर्म

आज विश्व धर्म के प्रति अविश्वास और नैतिक मूल्यों के प्रति विद्रोह की भावना से सुलग रहा है। विज्ञान और औद्योगिकी की ज़बर्दस्त और चामत्कारिक उपलब्धियों के बावजूद मनुष्य का मन एक गहरे शून्य से भर गया है। वह नहीं जानता कि इस शून्य को कैसे भरा जाए। चूंकि आज लोग वैज्ञानिक ढंग से सोचते हैं, इसलिए वे हर चीज़ की छानबीन और पूछताछ करना चाहेंगे। ऐसी स्थिति में हमें उनके सामने कुछ ऐसी बातें रखनी होंगी जो उन्हें बौद्धिक और नैतिक दोनों ही दृष्टियों से आश्वस्त कर सकें। हमें भी किसी ऐसे धर्म को उनके सामने नहीं रखना है जो युक्तिमूलक न हो। हर कोई हमसे पूछता है, क्या यह युक्तिसंगत धर्म है ? हर कोई धर्म के बारे में जिज्ञासा रखता है और यही वास्तव में हमारा अभीष्ट भी है। क्या धर्म का लक्ष्य तर्क और चेतना के मार्ग से प्राप्त किया जा सकता है ?

जहां तक हमारे देश का सम्बन्ध है, हमने इन सभी बातों पर ज़ोर दिया है। भगवद्गीता के अन्त में दी गई पुष्पिका में कहा गया है : "ब्रह्मविद्यायां योगशास्त्रे श्रीकृष्णार्जुन संवादे।" ब्रह्मविद्या बौद्धिक जिज्ञासा या युक्तिसंगत खोजबीन है। हम जानना चाहते हैं कि दुनिया क्या है ? यही ब्रह्मविद्या है। व्यावहारिक अनुशासन को, जो बौद्धिक विचार को जीवन के विश्वास में परिणत कर देता है, 'योगशास्त्र' कहा गया है। आत्मा और परमात्मा का मिलन 'कृष्णार्जुन संवाद' है। यही अन्त है, यही लक्ष्य है और यही पूर्णता है। ब्रह्मविद्या है ? इसकी चर्चा तैत्तिरीय उपनिषद् के भृगुविद्या अध्याय में की गई है :

भृगुर्वैः वरुणैः वरुणं पितरं उपससार,
अधिहि भगवो ब्रह्मोति।

आरम्भ में भृगु अपने पिता वरुण से पूछता है कि ब्रह्म क्या है ? पिता उत्तर देते हैं :

यतो वा इमानि भूतानि जायन्ते,
येन जातानि जीवन्ति यत् यन्ति अभिसंविशत्ति,
तद् विजिज्ञासस्व, तद् ब्रह्मोति,
स तपो तप्यता, स तपस् तत्त्वः।

तुम्हें उस सत्य को जानने का प्रयास करना चाहिए जो व्यापक और सम्पृक्त है और जिसके कारण सारा संसार क्रियाशील है, जिससे जीव उत्पन्न होते हैं, संसार में रहते हैं और जिसमें विलीन हो जाते हैं।

क्या कोई ऐसी व्यापक और सम्पृक्त चीज़ है जिसमें इन सभी क्रियाओं का सम्पृक्त रूप में समावेश हो जाता है ? यह प्रश्न है। वह उत्तर देता है, "इसे तुम्हें तप से सीखना होगा।" फिर उत्तर देता है, "तपोब्रह्म" अर्थात् 'तप' करने से। इस जिज्ञासा का मूल कारण है तुममें अन्तर्निहित दिव्यशक्ति की हलचल। चूंकि तुममें दिव्यशक्ति मौजूद है, इसलिए तुम स्पष्टीकरण मांगते हो। अगर वह शक्ति मौजूद न होती तो तुम स्पष्टीकरण न मांगते। इसीलिए वह कहता है, "तपोब्रह्म" और "ब्रह्म विजिज्ञासस्व" अर्थात् तप से ही तुम जान पाओगे कि वह क्या है। पाणिनि के अनुसार तप का अर्थ है आलोचना अर्थात् किसी वस्तु को पहली बार देखने से सन्तुष्ट न होने पर पुनर्विचार करना। यही तपस्या है। अगर तुम प्रयास करो तो तुम्हें मालूम पड़ जाएगा कि यह विश्व मात्र एक आकस्मिक घटना नहीं है और न ही इसे किसी प्रकार की सनक माना जा सकता है। तुम्हारे सामने एक के बाद एक मूल्यों का निरन्तर उद्घाटन होता जाएगा। पदार्थ से जीवन, जीवन से मन और मन से बुद्धि का एक निश्चित क्रम है। इसके बाद जाकर तुम्हें आत्मशांति मिलती है, जिसे परम आनन्द कहा गया है।

आध्यात्मिक मुक्ति इस दुनिया का मूल है और इसी मुक्ति से बुद्धि, मन, जीवन और पदार्थ प्रकट होते हैं। कितना अच्छा स्पष्टीकरण है। स्पष्टीकरण अच्छा ही होता है क्योंकि इससे हमें बात समझ में आती है। यह हठधर्मिता नहीं है। किसी महात्मा या अन्य व्यक्ति के कहने से हमने इसे नहीं माना है। यह दुनिया को देखने का हमारा नज़रिया है और इसीकी सहायता से हम यह मानने की कोशिश करते हैं कि यह दुनिया आखिर है क्या। 'ब्रह्मविद्या' के बाद आता है। 'योगशास्त्र'। सिर्फ 'ब्रह्मविद्या' से बात नहीं बनेगी। सिर्फ बौद्धिक ज्ञान ही आपको आध्यात्मिक जीव नहीं बना देगा। आपके संदेहों के निवारण के लिए 'योगशास्त्र' बहुत ज़रूरी है। विज्ञान विश्व की बाहरी सतह और उसकी विविधता और बहुलता पर दृष्टि डालता है, लेकिन उसके केन्द्रबिन्दु की अनुभूति तो केवल ऐकांतिक ध्यान से ही हो सकती है। यही वह केन्द्रबिन्दु है जिससे ये सभी चीज़ें उत्पन्न होती हैं। इसे बौद्धिक भाषणों से प्राप्त नहीं किया जा सकता। इसे प्राप्त करने के लिए अपने मन को अलग करना होगा अर्थात् संसार की घटनाओं से असम्पृक्त होकर ही आप इस केन्द्रबिन्दु पर अपना ध्यान केन्द्रित कर सकते हैं और परमतत्त्व की रचना को समझ सकते हैं।

सिर्फ वाक्यार्थ ज्ञान से ही आप शाश्वत सुख प्राप्त नहीं कर सकते। इसलिए 'योगशास्त्र' की आवश्यकता है। अगर आप अपने-आपको अनुशासित कर लें और लोगों से मिलते समय क्रोध, घृणा, भीरुता और तुच्छता से ऊपर उठ जाएं तो आप ईश्वर का साक्षात्कार कर सकते हैं। अगर आप अपने हृदय को बिलकुल विशुद्ध बना लें और अपने

मन को हर प्रकार से अहम्मन्य स्वार्थ से मुक्त कर लें तो आप ईश्वर के दर्शन उसी प्रकार कर सकते हैं, जिस प्रकार अर्जुन ने कृष्ण के दर्शन किए थे। यही कृष्णार्जुन-संवाद है। यह आत्मा और परमात्मा का मिलन है।

इसलिए अब आपके पास एक ऐसा धर्म और दर्शन है जो आपसे खोजबीन करने के लिए कहता है, जो आपसे खोजबीन के नतीजे को अपनी आत्मा के ज्वलंत विश्वास में परिणत करने को कहता है और फिर जब आप पारदर्शी हो जाते हैं अर्थात् जब आपमें स्वार्थ या अहम्मन्यता का कोई अंश शेष नहीं रहता, तब आप ईश्वर के दर्शन करते हैं और अपने ही अस्तित्व के ज़रिये परमतत्त्व को प्रत्यक्षतः पा लेते हैं। यह अनुभूति किसी दूसरे के कहने से नहीं होती, बल्कि इसे आप खुद अपनी आंखों से देखते हैं, हृदय से महसूस करते हैं और अपने अस्तित्व में महसूस करते हैं। एक ऐसा दर्शन, जो आपसे खोजबीन करने और अपने-आपको अनुशासित करने के लिए कहता है और फिर कहता है कि आप धर्म का लक्ष्य प्राप्त कर सकते हैं, वह ईश्वर का प्रत्यक्ष दर्शन है। यही वह धर्म है, जो इसके बाद विश्व में प्रचलित होगा।

ईश्वर कभी निस्तेज नहीं होता। ईश्वर आधारभूत सत्य के रूप में व्यक्त होता है, जो इस संसार में आगे-पीछे सभी जगह मौजूद है। हम अपनी संस्कृति के रूप में जिन महान् मूल्यों का संरक्षण करते आ रहे हैं, उन मूल्यों को क्रमिक रूप में व्यक्त करने की मूल प्रेरणा ईश्वर ही है।

3

मनुष्य की पूर्णता

आम तौर पर स्कॉटिश दर्शन का प्रभाव बहुत गहरा रहा है, लेकिन हमेशा अच्छा नहीं रहा। आज ऐसे भी लोग हैं जो तार्किक प्रत्यक्षवाद के सिद्धान्त का प्रचार करते हैं और यह दावा करते हैं कि यह डेविड ह्यूम का दर्शन है। उनका कहना है कि ज्ञान के रूप में इस सिद्धान्त के दो भाग हैं : तथ्यों के विषय और विचारों के सम्बन्ध। अगर दिव्यता या तत्त्वमीमांसा से सम्बन्धित किसी पुस्तक में इनकी चर्चा नहीं है तो मैं मात्र कुतर्क और भ्रम मानकर अस्वीकार कर दूंगा। डेविड ह्यूम ने इस प्रकार के शब्द प्रयोग किए हैं और तार्किक प्रत्यक्षवादियों ने भाषाशास्त्र और विश्लेषण की नई तकनीके अपनाकर अपना अलग पथ बना लिया है। वे इस प्रकार के तत्त्वमीमांसक हैं जो अपने प्राक्कलनों के अनुसार तत्त्वमीमांसा के विस्तार का संचालन कर रहे हैं। वे इसी कोशिश में हैं, लेकिन लगता है कि वे यह नहीं जानते कि वैज्ञानिक सिद्धान्त केवल तथ्यों का प्रतिलेखन नहीं है। वे संसार की ओर देखते हैं और यह जानने की कोशिश करते हैं कि क्या इस संसार का आधार मात्र अव्यवस्था या सनक है या इसके पीछे कोई निर्देशक सिद्धान्त है ?

अगर हम ब्रह्मांड पर एक दृष्टि डालें और यह देखें कि यह किस प्रकार पदार्थ से जीवन, जीवन से मन, मन से बुद्धि और बुद्धि से आत्मा के रूप में विकसित हुआ है तो हम इसे प्रकृति की मात्र एक दुर्घटना नहीं मान सकते। दूसरे शब्दों में, यह तय है कि इस ब्रह्मांड की रचना के पीछे एक स्पष्ट उद्देश्य है, निर्देशक बुद्धि है और परम रहस्यमय तत्त्व है। हम इसके स्वरूप की पूरी थाह तो नहीं पा सकते, लेकिन जब तक हम इस प्रकार की परिकल्पना नहीं करते, हमारे लिए कोई ऐसा स्पष्टीकरण देना संभव नहीं होगा जो स्वयं मस्तिष्क की सराहना कर सके।

जब हम अनुभूति की बात करते हैं तो इसकी व्याप्ति अन्तराल और काल की अनुभूति तक ही सीमित नहीं होती। यह एक बौद्धिक अनुभूति है, नैतिक अंतर्दृष्टि है और इसमें परमात्मा का आध्यात्मिक साक्षात्कार होता है। सबसे ऊंची अनुभूति तो यह है कि व्यक्ति यह महसूस करने लगे कि वह प्रकृति का मात्र एक अंश ही नहीं है बल्कि उसके अन्दर एक ऐसी शक्ति भी है जो प्रकृति के सम्बन्ध में अपना निर्णय भी देती है और उसे

प्रकृति को नियन्त्रित करने की शक्ति भी प्रदान करती है और इस प्रकार वह प्रकृति की आवश्यकताओं से बच जाता है। जब तक हम व्यक्ति को, व्यक्ति और वस्तु के द्वन्द्व के रूप में नहीं देखते, अपने भीतर प्रकृति और अतिप्राकृतिक शक्ति को नहीं देखते, तब तक हमारे लिए आदिम काल से लेकर अब तक मनुष्य द्वारा किए गए महान् कार्यों का आकलन संभव नहीं होगा।

इसलिए यह ज़रूरी है कि हम मनुष्य को मात्र एक सजीव उपकरण न समझें बल्कि ईश्वर का एक सहयोगी सहस्रष्टा समझें, जो इस दुनिया के उद्देश्य को सार्थक बनाने में लगा है और एक अवस्था से दूसरी अवस्था में जाने के लिए मार्गदर्शन दे रहा है। जब तक हम यह महसूस नहीं करते कि मनुष्य ईश्वर का साक्षात्कार कर सकता है और इसे मनुष्य की प्रकृति का अनिवार्य तत्त्व नहीं मान लेता तब तक मनुष्य पूर्ण नहीं हो सकता, अधूरा ही रहेगा, अपनी मंज़िल नहीं पा सकते। जब तक वह अपने-आपमें इस भावना को मज़बूत नहीं कर लेता, वह अपने लक्ष्य को प्राप्त नहीं कर सकता। हम मानते हैं कि जिस प्रकार हम परमतत्त्व का वर्णन करते हैं, वे बौद्धिक विचार या मानसिक बिम्ब सापेक्ष या अस्थायी ही माने जाने चाहिए और उन्हें अंतिम और निरपेक्ष नहीं समझना चाहिए। हमारी धारणा का अंतिम या निरपेक्ष भाव आध्यात्मिक उत्साह अर्थात् एक अवस्था से दूसरी अवस्था में जाने के उत्साह को खत्म कर देगा, इस अवस्था में पहुंचकर ही मनुष्य पूर्ण कहला सकता है। मेरे विचार में स्कॉटिश दर्शन की महान् परंपरा आध्यात्मिक अभिमुखीकरण का महत्त्व प्रतिपादित करने की रही है, न कि प्रत्यक्षवाद का। सभी महान् स्कॉटिश विचारकों ने इसका समर्थन किया है।

आज विश्व को आध्यात्मिक दृष्टि की ओर अभिमुख करने की आवश्यकता है। हमने संसार में इतने कार्य किए हैं, फिर भी हम किसी आशंका से भयभीत हैं। यही कारण है कि मनुष्य का स्वरूप द्वन्द्वात्मक है। उसमें महान् कार्यों को करने की सामर्थ्य है, साथ ही घटिया काम करने की भी सामर्थ्य है। इसलिए कभी तो लगता है कि मनुष्य सृष्टि का एक कलंक है और कभी मुकुट। मानव समाज का यह द्वन्द्व या द्विभाजन खत्म होना ही चाहिए। मनुष्य को एक होना होगा ताकि उसमें महान् गुणों का विकास हो सके। अगर वह ऐसा करने में सफल हो जाता है तो वह निश्चय ही अपनी मंज़िल पर पहुंच सकता है। मनुष्य का अपनी मंज़िल पा लेना ही उसकी पूर्णता है। समग्र रूप में मानव जाति की मुक्ति ही मानव इतिहास का लक्ष्य है। इस प्रकार की मुक्ति तभी संभव है जब प्रत्येक व्यक्ति स्वयं प्रयास करे, अपने-आपको अनुशासित करे, हर प्रकार के अभ्यास में जुट जाए और यह समझ ले कि उसे अपने धर्म के लिए काफी कीमत देनी पड़ सकती है। इस अवस्था को प्राप्त करना आसान काम नहीं। जो लोग अपने-आपको धार्मिक कहते हैं, वे भी अभी तक संसार की विषमता, अन्याय और दोषों को बर्दाश्त करते आ रहे हैं। इसका अर्थ यह है कि हममें से कुछ लोग जो अपने-आपको धार्मिक कहते हैं इस प्रकार की बातें बर्दाश्त कर लेते हैं। कोई

पूछता है, 'आपका धर्म क्या है ?—इंग्लैंड का चर्च ! 'आपका क्या है ?'—स्कॉटलैंड का चर्च। 'आपका क्या है?'—भगवान का चर्च ! यह बहुत ज़रूरी है। हमारा कोई भी पंथ क्यों न हो, हम सब परमात्मा की संतान हैं और हम मौनभाव से आह्लदित उस रहस्यमय शक्ति को नमन करते हैं। यही वह शक्ति है जो व्यक्तियों और राष्ट्रों के भाग्य का निर्धारण करती है।

हाल ही में अंतरिक्ष-यात्री ने अंतरिक्ष की परिक्रमा की और लौटकर कहा, "हमें तो ईश्वर कहीं नहीं मिला, उसका अस्तित्व कैसे हो सकता है ?" बहुत पहले हमने एक बार कहा था, "हमने दूरबीन से सारा आकाश छान लिया, लेकिन ईश्वर नहीं मिला।" दूसरे लोगों ने कहा, "हमने मानव शरीर की भी चीर-फाड़ की, लेकिन हमें आत्मा कहीं नहीं मिली।" अगर इंद्रियों का अनुभव ही ज्ञान का अंतिम प्रमाण है तो ये सभी महानुभाव ठीक ही कहते हैं, लेकिन अगर ज्ञान का क्षेत्र इंद्रियगम्य ज्ञान से कहीं अधिक विस्तीर्ण है और हममें कलात्मक मूल्यांकन, नैतिक अंतर्दृष्टि और इसी प्रकार के अन्य गुण मौजूद हैं तो हम इंद्रियगम्य भौतिक जगत् की सीमाओं से ऊपर उठकर महसूस कर सकते हैं कि इस संसार में इंद्रियों से व्यक्त ज्ञान से भी कहीं अधिक ज्ञान मौजूद है।

ह्यूम ने कहा था कि दिव्यता और तत्त्वमीमांसा से संबंधित कोई पुस्तक अगर तथ्यों के विषय और विचारों के संबंधों की चर्चा नहीं करती तो उसपर विचार करने की भी आवश्यकता नहीं है और इस प्रकार की पुस्तक को वे कुतर्क या भ्रम मानकर अस्वीकार कर देते हैं। हम उनके विचारों को अतिवादी मान सकते हैं। क्योंकि स्कॉटिश परंपरा इससे भिन्न रही है। स्कॉटिश दर्शन की आम प्रवृत्ति रही है, सहज बुद्धि से समन्वित अनुभववाद और इसी कारण यह दर्शन रहस्यवाद या धार्मिकता की ओर उन्मुख हो गया है। यही प्रवृत्ति हमारे दोनों देशों को करीब लाती है। इसीसे सहिष्णुता और सिर्फ सहिष्णुता ही नहीं बल्कि एक-दूसरे के धर्मों के आदर का भाव पैदा हुआ। जब ईसाइयत का उदय हुआ तो इसे यूनानी विचारधारा और रोमन संगठन का सामना करना पड़ा और इस कारण आपसी समायोजन किया गया। आज इस प्रकार का वातावरण और भी व्यापक हो चला है। हम सिर्फ फिलिस्तीन, यूनान और रोम ही नहीं, बल्कि चीन, भारत और पश्चिम एशिया की आध्यात्मिक परंपराओं के वारिस बन गए हैं। हम एक-दूसरे के करीब आ गए हैं, इसलिए यहां ज़रूरी है कि हम इन सभी धर्मों में ऐसे क्षेत्रों की तलाश करें जहां समझौते की गुंजाइश हो, उनका महत्त्व प्रतिपादित करें और उसके आधार पर विश्वबंधुत्व की भावना का निर्माण करें ताकि मनुष्य पूर्णता को प्राप्त कर सके।

4

संयुक्त राष्ट्र संघ की भूमिका

संयुक्त राष्ट्र संघ विश्व के लोगों की इस आशा और आकांक्षा का प्रतीक है कि सारे विश्व की अंततः एक केन्द्रीय सत्ता हो जो सभी देशों की गतिविधियों को नियंत्रित करे। विज्ञान और औद्योगिकी ने आज विश्व को बहुत करीब ला दिया है और इसे एक संघ बना दिया है। आर्थिक व्यवस्थाएं भी एक-दूसरे पर निर्भर करने लगी हैं। बौद्धिक विचारों का विनिमय सारे विश्व में होने लगा है। इसलिए यह ज़रूरी है कि इस संगठन को, जो आज हमारी आंखों के सामने आकार ग्रहण कर रहा है, एक आत्मा प्रदान की जाए।

संयुक्त राष्ट्र इस उभरते हुए विश्व समुदाय को एक आत्मा या चेतना प्रदान कर सकता है।

आरंभ में इसके 51 सदस्य थे। प्रति वर्ष इसकी सदस्यता बढ़ती गई। (1975 में यह संख्या बढ़कर 138 हो गई) अब भी यह विश्वजनीन नहीं हो पाई है। अगर संयुक्त राष्ट्र के निर्णयों को अमल में लाना हैं तो संसार के सभी देशों को इस संगठन का सदस्य बनना होगा। सभी सदस्यों द्वारा इसके निर्णयों को अमल में लाने से संयुक्त राष्ट्र की सदस्यता में विश्वजनीनता का आविर्भाव होगा और इससे एक प्रकार की सुरक्षा का एहसास हम सबको होगा।

भारत संयुक्त राष्ट्र संघ का एक संस्थापक सदस्य है। अपनी पूरी शक्ति से इसने संयुक्त राष्ट्र के कार्यों में अपना योगदान किया है। भारत ने कांगो और गाज़ा में अपनी सैनिक टुकड़ियां भेजीं और कोरियन आयोग के अध्यक्ष पद पर कार्य किया। इन सभी रूपों में, भारत ने संयुक्त राष्ट्र के कार्यों में मदद पहुंचाने की कोशिश की है। भारत का इस संगठन में गहरा विश्वास है, इसलिए यह इसकी सत्ता और प्रभाव को बढ़ाने के लिए भरसक प्रयास करेगा।

बहुत-से लोग ऐसे भी हैं जिनका विचार है कि इस संगठन ने अपनी अपेक्षाओं के अनुरूप कार्य नहीं किया। लेकिन हमें उन कार्यों को देखना चाहिए जो इस संगठन ने किए हैं। कांगो में इसकी भूमिका देखिए कि किस प्रकार इसने मुक्ति आंदोलन को बढ़ावा दिया और किस प्रकार इसने निश्शलीकरण और न्यूक्लीय परीक्षणों पर प्रतिबंध लगाने से संबंधित

समस्याओं पर तटस्थ रूप में वार्ताओं का आयोजन किया। इस रूप में इस संगठन ने बहुत बड़ा काम किया, भले ही यह काम हमारी अपेक्षाओं के अनुरूप न हो सका हो।

संयुक्त राष्ट्र की विशिष्ट एजेंसियों ने मनुष्य की गरिमा के लिए काफी अच्छा कार्य किया है। यदि आप मनुष्य की गरिमा में आस्था रखते हैं तो आपके लिए ज़रूरी होगा कि आप मनुष्य के भौतिक कल्याण को बढ़ावा देने के लिए यथासंभव प्रयास करें।

खाद्य व कृषि संगठन प्रचलित दोषों को दूर करने का प्रयास कर रहा है। संसार के दो-तिहाई लोग कुपोषण और भूख के शिकार हैं। यह बात हमें हमेशा इस बात का स्मरण दिलाती रहेगी कि जब तक हम इन कमियों को दूर नहीं कर लेते, हम सच्चे इंसान कहलाने के हकदार नहीं होंगे।

विश्व स्वास्थ्य संगठन का विश्वास है कि प्रत्येक व्यक्ति को डाक्टरी चिकित्सा-संबंधी सुविधाएं पाने और स्वास्थ्य तथा सफाई के वातावरण में जीने का अधिकार है। संयुक्त राष्ट्र शैक्षणिक वैज्ञानिक सांस्कृतिक संगठन प्रत्येक व्यक्ति के नैतिक व्यक्तित्व और सांस्कृतिक वैशिष्ट्य को बनाए रखने की कामना करता है। इस संसार में सिर्फ भौतिक प्राणी के रूप में जीना ही काफी नहीं है, हमें अपने मन, हृदय और आत्मा का विकास भी करना होगा। संयुक्त राष्ट्र शैक्षणिक वैज्ञानिक सांस्कृतिक संगठन अपने सभी कार्यों से मनुष्य के व्यक्तित्व, सांस्कृतिक व्यक्तित्व या स्वयं व्यक्ति को ही बढ़ावा देने का यथासंभव प्रयास कर रहा है। ये सभी काम विभिन्न एजेंसियों द्वारा किए जा रहे हैं।

लेकिन संयुक्त राष्ट्र संघ का सबसे महत्त्वपूर्ण कार्य है मानवता को युद्ध की विभीषिका से बचाना। इसीकी नियमावली के शब्द इस्तेमाल किए जाएं, "हम किस प्रकार मानव समाज को युद्ध से बचा सकते हैं ? हम युद्ध के स्पष्ट कारणों को मिटाने का प्रयास कर रहे हैं, जैसे राजनीतिक दमन, जातिभेद, आर्थिक शोषण। दुनिया के पिछले इतिहास में यही वे कारण रहे हैं, जिनसे युद्ध की ज्वालाएं उठती थीं और अगर हम राजनैतिक दमन को मिटाने या साम्राज्यवाद को खत्म करने के लिए यथासंभव प्रयास करें और अगर इस आर्थिक शोषण को मिटाने में तथा विश्व के सभी भागों में समृद्धि लाने और जातिभेद को मिटाने में सफल हो जाते हैं तो हम एक ऐसे विश्व का निर्माण कर लेंगे, जो शांति स्थापना के कार्य में सहायक होगा और शांति के लिए ही कार्य करेगा।"

यह सही है कि हम इसे प्रभावशाली ढंग से करने में असमर्थ हैं। धनी और गरीब देशों के बीच खाई बढ़ती जा रही है। गरीब देशों के पास अपने लोगों का जीवन-स्तर ऊंचा उठाने के लिए आवश्यक तकनीकी ज्ञान और कौशल का अभाव है। जब तक ये चीज़ें गरीब देशों या विकासशील देशों के आम आदमी तक नहीं पहुंचतीं और हम पूंजी-निवेश के साथ उनकी मदद नहीं करते तो वे अपना स्तर ऊंचा उठाने में सफल नहीं हो सकते।

हमें गरीब देशों के वास्तविक विकास के लिए कुछ विशेष कदम उठाने चाहिए।

लेकिन संयुक्त राष्ट्र के कार्यों में सबसे अधिक महत्त्वपूर्ण कार्य है विश्व को युद्ध की विभीषिका से बचाना। आज वास्तविकता क्या है ? शस्त्रों और न्यूक्लीय परीक्षणों की भरमार। ये बातें हमें कोई आशा नहीं दिलातीं। हमें लगता है कि अगर शस्त्र यों ही बढ़ते गए, अचानक या भूल से, तो विश्व युद्ध की ज्वालाओं में भस्म हो जाएगा। अगर युद्ध की आग नहीं भी भड़कती, तब भी न्यूक्लीय परीक्षणों का असर न सिर्फ वर्तमान पीढ़ी पर बल्कि उस पीढ़ी पर भी पड़ेगा, जिसने अभी जन्म भी नहीं लिया। हम लोग जानबूझ कर दुनियाभर के हज़ारों बच्चों को शारीरिक और मानसिक दृष्टि से अपंग बनाने पर तुले हुए हैं। जब हम इसका नतीजा जानते हैं तो क्यों नहीं इसे रोक पाते ? हम अतीत के शिकार हैं। हम भविष्य के नौकर नहीं होना चाहते।

हम राष्ट्रीयता और सैनिक तंत्र के शिकार हैं। ऐसे तंत्रों में राष्ट्रों को प्रमुख माना जाता है और इन राष्ट्रों के लक्ष्य और राजनैतिक आकांक्षाओं को पूरा करने के लिए हम अब तक शक्ति का प्रयोग करते रहे हैं, लेकिन आज हम ऐसी स्थिति में पहुंच गए हैं, जहां राष्ट्र की सत्ता विश्व समुदाय की व्यापक संकल्पना के सामने नीची हो गई है। अगर एक देश ने भी न्यूक्लीय शस्त्रों का विकास कर लिया है। और जब तक वह शक्ति का प्रयोग, असहिष्णुता, विद्वेष और दुराचार को छोड़ नहीं देता और जब तक हम इस कार्य को करने में पूरी तरह से कामयाब नहीं हो जाते तब तक इस संसार में शांति की स्थापना का कार्य संभव नहीं है।

हम कर क्या रहे हैं ? इसके लिए हमें मनुष्य का मस्तिष्क बदलना होगा। हम अब भी राष्ट्र की सत्ता और अपने लक्ष्य की पूर्ति के लिए शक्ति के प्रयोग में विश्वास करते हैं। इन बातों को गले उतारना बहुत मुश्किल है। यद्यपि हम संयुक्त राष्ट्र के सदस्य हैं, हमारी निष्ठा अभी भी अपने राष्ट्र की सत्ता के साथ है, राष्ट्र न तो अपने-आपमें सम्पूर्ण विश्व है और न ही सम्पूर्ण मानवता। आपको अतीत से अपना रिश्ता तोड़ना ही होगा, हमें अपने ढर्रे से बाहर निकलना ही पड़ेगा।

गांधीजी ने एक बार कहा था, "मैं अपने देश को मुक्त देखना चाहता हूं। मैं पतित और गिरा हुआ भारत नहीं चाहता। मैं ऐसा भारत चाहता हूं जो मुक्त और प्रबुद्ध हो। ऐसा भारत, जो आवश्यकता पड़ने पर मानवता के जीवन के लिए अपने-आपको कुर्बान कर सके।"

राष्ट्रवाद सर्वोच्च संकल्पना नहीं है। सर्वोच्च संकल्पना है विश्व समुदाय। यही वह विश्व समुदाय है, जिसके साथ हमें अपने-आपको जोड़ना है। दुर्भाग्य की बात है कि हम आज भी उन्हीं संकल्पनाओं के शिकार हैं, जो पुरानी पड़ गई हैं। हम एक नये विश्व में जी रहे हैं और इस नये विश्व में नये प्रकार के आदमी की आवश्यकता है और जब तक हम अपने मस्तिष्क और हृदय को बदल नहीं लेते, हम इस विश्व में जी नहीं सकते।

आज हमारे सामने चुनौती है जीवन या विनाश की। हमारे लिए यह कहना आसान है कि हम जीना चाहते हैं लेकिन हम अपने जीवन के लिए कर क्या रहे हैं? क्या हम अपनी

राष्ट्रीय प्रभुसत्ता को विश्वशांति के लिए भेंट चढ़ा सकते हैं ? क्या हम अपने विवाद और झगड़े मध्यस्थता, बातचीत या समझौते जैसे शांतिपूर्ण उपायों से निपटा सकते हैं? क्या हमने किसी ऐसे तंत्र की स्थापना की है, जिससे इस विश्व में आसानी से शांतिपूर्ण परिवर्तन लाया जा सके ? जब तक यह नहीं करते तब तक सिर्फ बातों से कोई लाभ नहीं होगा।

अगर हमें एक विश्व की स्थापना करनी है तो एक विश्व की संकल्पना प्रत्येक राष्ट्र के प्रत्येक कार्य में चरितार्थ होनी चाहिए। मुझे विश्वास है कि विश्व एक बनकर रहेगा। यही घटनाचक्र बताता है, यही विश्व की इच्छा है और यही परमात्मा का लक्ष्य है। हम राज्य की संकल्पना से आगे बढ़कर 'वसुधैव कुटुम्बकम्' की संकल्पना की ओर बढ़ रहे हैं। अगर हम इस लक्ष्य को प्राप्त करना चाहते हैं तो हमें अपने दिमाग और हृदय को बदलना होगा। आज हमारा कार्य है मनुष्य की आत्मा को जगाना। यही आत्मा इन तमाम परिवर्तनों का कारण रही है। बाहरी संगठनों की स्थापना से पहले भीतरी परिवर्तन भी करने होंगे। बाहरी संकट भीतरी अव्यवस्था का प्रतिबिम्ब है। जब तक हम मनुष्य के मन और हृदय के भीतर से अव्यवस्था को नहीं हटा देते, हम विश्वशांति की स्थापना नहीं कर सकते।

5

हमारी राष्ट्रीयता है मानव जाति

आज की पीढ़ी व्याकुल और संतप्त है। एकता या भाईचारे में आड़े आती है—फूट, वैर, संघर्ष, ईर्ष्या, संदेह और घृणा। कला में एक विश्वजनीन भाषा होती है। जो जातियों और राष्ट्रों की सभी सीमाओं को पार कर लेती है। जहां राजनीति और अर्थनीति लोगों में फूट डालती है, वहां कला और साहित्य भाईचारा बढ़ाते हैं, लोगों को एक-दूसरे के करीब लाते हैं और अगर हमें एक विश्व की स्थापना करनी है तो यह काम विश्व के विभिन्न भागों में सांस्कृतिक ज्ञान के प्रचार द्वारा किया जा सकता है।

वैज्ञानिक गतिविधियों की कितनी भी उपलब्धियां क्यों न हों, कितनी भी विनाशकारी शक्ति उन्होंने संचित कर ली हो, लेकिन एक काम इससे बहुत अच्छा हुआ है कि संसार के सभी लोग, संसार की सभी संस्कृतियां एक-दूसरे के करीब आ गई हैं। इस कारण अब हम एक-दूसरे को ज्यादा अच्छी तरह समझ सकते हैं। हमें अन्य व्यक्तियों और संस्कृतियों की अच्छी बातों की ओर देखना चाहिए और अगर हम ऐसा करते हैं तो हम एक-दूसरे के करीब आ जाएंगे।

जब हम किसी कलाकार या साहित्यकार का मूल्यांकन करते हैं तो हम उसका आकलन उसकी उत्कृष्ट रचनाओं से करते हैं न कि विफलताओं से, जिनसे होकर वह गुज़रता है। इतना ही नहीं, जब हम महान् संस्कृतियों और सभ्यताओं की ओर देखते हैं तो हमें उनमें विश्वजनीन मूल्यों के तत्त्वों की खोज करनी चाहिए ताकि ये तत्त्व मानवता की सच्ची विरासत बन सकें।

हमारे देश में, इसकी एक लम्बी परम्परा रही है, जो यह बताती है कि सच्चे अर्थों में धार्मिक व्यक्ति की परीक्षा उसके सिद्धांतों या पूजापाठ से नहीं की जानी चाहिए, बल्कि यह देखकर की जानी चाहिए कि जीवन में उसका आचरण कैसा है। मत-सम्बन्धी अनुकूलता या विधिपूर्वक भक्ति का नाम धर्म नहीं है। धर्म आत्मा का परमात्मा के साथ मिलन है। अगर कोई इसे प्राप्त कर लेता है तो वह प्रामाणिक रूप में धार्मिक व्यक्ति बन जाता है। वह अपने-आपको किसी विशिष्ट पंथ का सदस्य न मानकर सारी मानव जाति को परमात्मा की सन्तान मानकर व्यवहार करता है।

इस प्रकार की परम्परा भारत में प्रचलित होने के कारण ही इस देश में पहली शताब्दी में येरुसलम से आए यहदियों का, दूसरी शताब्दी में ईसाइयों का, सातवीं शताब्दी में पारसियों का और आठवीं और नवीं शताब्दी में मुसलमानों का स्वागत किया गया। भारत में अनेक धर्मों के अनुयायी थे जो विभिन्न प्रकार की पूजापद्धतियों को अपनाते हुए भी एक-दूसरे के प्रति किसी प्रकार की दुर्भावना नहीं रखते थे। गड़बड़ तब शुरू हुई जब धार्मिक क्षेत्र में भी राजनीति का बोल-बाला होने लगा। जब तक हम धर्म को मनुष्य का ऐसा श्रेष्ठ कर्म समझते रहे, जिसकी सहायता से वह अपनी आत्मा को पूर्ण करता है, अपनी प्रकृति को समन्वित करता है, तब तक हम यह मानते रहे कि मनुष्य अधूरा है, अधर्मपूर्ण है, अपूर्ण है। और उसे अपने-आपको पूर्ण बनाना है, अधूरेपन को दूर करना है और हम यह जानते रहे कि इस प्रकार की पूर्णता शब्दों से या सिर्फ पूजा-पाठ से सम्भव नहीं है, भले ही वह कितना ही सहायक क्यों न हो, बल्कि पूरी तरह से अपने पुनर्निर्माण से ही हो सकती है।

मनुष्य अपने वर्तमान रूप में अनेक विरोधी तत्त्वों का समवाय है। उसके आदर्श और कार्यों में बहुत अन्तर है। "अच्छा काम, जो मुझे करना है, नहीं करूंगा और बुरा काम, जो मुझे नहीं करना है, मैं करूंगा।" यही मनुष्य का विरोध है। इससे मनुष्य की अपूर्णता का एहसास होता है। इसीसे यह पता लगता है कि उसे किस प्रकार के अनुशासन से गुज़रने की ज़रूरत है, किस प्रकार से अपने दिमाग को झकझोरने की ज़रूरत है ताकि वह विनाशकारी उद्वेगों से मुक्त हो सके और अपने स्वरूप को समन्वित करना शुरू कर दे। इसे मनुष्य का दूसरा जन्म कहा जाएगा। ऐसा व्यक्ति अपनी आंतरिकता, अपनी स्वाधीनता, अपनी विशुद्ध व्यक्तिनिष्ठता जो वस्तुनिष्ठ जगत् के पदार्थों से कहीं अधिक श्रेष्ठ है, को पहचान लेता है।

इस प्रकार के रवैये के कारण ही हमने सभी महज़बों और धर्मों के प्रति सम्मान का भाव प्रदर्शित किया। यह रवैया सिर्फ निषेधात्मक सहिष्णुता ही नहीं थी, बल्कि एक ऐसी भावना थी, जिससे हम एक-दूसरे से काफी कुछ सीख सकते थे। इस प्रकार के रवैये के कारण ही मुझे बिना अपनी बौद्धिक चेतना के साथ समझौता किए या बिना अपने आध्यात्मिक विश्वासों को चोट पहुंचाए ईसाइयों के चर्चों, मुसलमानों की मस्जिदों, बौद्धमठों और हिन्दुओं के मन्दिरों में अपने तरीके से बोलने में सफलता मिली।

परमतत्त्व की अनुभूति मनुष्य अपने अन्तर में करता है, जिसका अनुभव हमारे भीतर ही हो सकता है। यह काम सिर्फ बातों या बुद्धि-विलास से नहीं हो सकता। यह धर्म नहीं है, यह धर्म तक पहुंचने का मार्ग हो सकता है, लेकिन सच्चा धर्म नहीं हो सकता।

इसलिए धार्मिक भेदभाव के कारण हमारे देश में एकता की भावना कमज़ोर नहीं हुई। हमारी अनेक भाषाएं थीं, फिर भी हम एक रहे और लोगों आश्वस्त कर सके कि ये सभी भाषाएं एक ही उत्स से निकली हैं और केवल सम्प्रेषण का माध्यम हैं। इन्हें इस प्रकार

की सीमाएं नहीं माननी चाहिए, जो लोगों को बांटती हों।

इन सभी मामलों में जब हम तथ्यों के बारे में सोचते हैं तो हमें लगता है कि न्यूक्लीय युद्ध मानवता के लिए संहारक होगा, जिसका अर्थ है आत्महत्या और सभी चीज़ों का सर्वनाश। जब हम यह जानते हैं तो क्यों शस्त्रों की होड़ में लगे हैं? क्यों हम ऐसा काम करते हैं, जिसके लिए हमारी अंतरात्मा गवाही नहीं देती ? इसकी वजह यह है कि मानव स्वभाव से ही दुविधाग्रस्त है।

दूसरे शब्दों में, हम जानते हैं, कि सही क्या है, लेकिन हममें इतनी ताकत या इच्छाशक्ति नहीं है, इतनी क्षमता नहीं है कि हम अपनी कमज़ोरियों से पीछा छुड़ा सकें और मज़बूती से खड़े होकर देख सकें कि किस प्रकार प्रकाश अंधेरे को पूरी तरह से लील लेता है और हमें एक ऐसा आदमी बना देता है जिसका जीवन ऐसे आदमियों के जीवन को प्रकाशित करता है जिनका आत्मारूपी प्रकाश उनकी मानव देह में बंदी है।

हम प्रकाश की दुनिया में प्रवेश तो कर सकते हैं, लेकिन उसकी ज्वाला के स्पर्श के लिए मानव स्वभाव का सम्पूर्ण कायाकल्प बहुत ज़रूरी है। और जब यह कायाकल्प हो जाएगा तो हम इस महान् ग्रह के योग्य नागरिक बन जाएंगे। हम लोगों से स्नेह और सहानुभूतिपूर्धक व्यवहार करेंगे और कभी मनमुटाव या गलतफहमी हो भी जाए तब भी हम प्रेम और भाईचारे का रुख ही अपनाएंगे और हमेशा यह मानकर चलेंगे कि मनुष्य प्रेम और सृजन के लिए पैदा हुआ है, न कि घृणा और विनाश के लिए।

यह एहसास केवल उन्हीं लोगों को हो सकता है जो संघर्ष और असहमति के विवाद से ऊपर उठे हुए हैं। केवल यही लोग कह पाएंगे, “यह बात, जो मुझे आज खींच रही है, एक ऐसी बात है जिसके लिए मैं शर्मिंदा हूं।”

और फिर एक बड़ा सवाल, “मेरा पड़ोसी कौन है ? वह आदमी मेरा पड़ोसी नहीं, जो मेरी जाति का है, मेरी राष्ट्रीयता का है, मेरे पंथ का है, बल्कि वह जो ज़रूरत में है। उसे सिर्फ मेरी सहानुभूति चाहिए...अगर कोई दु:ख में है तो हमें उसकी मदद करनी चाहिए।” करुणा की पुकार कभी व्यर्थ नहीं जानी चाहिए। यही सच्चा धर्म है। सच्चे अर्थों में जो व्यक्ति धार्मिक है, वह कभी निन्दा नहीं करेगा, फतवे नहीं देगा, बल्कि लोगों को समझेगा, लोगों से हमदर्दी करेगा और लोगों को ऊपर उठने में मदद करेगा। और इस तरह से अपने अहं को वर्तमान स्तर से ऊपर उठाकर हम इस संसार को अपने लक्ष्य की ओर तेज़ी से बढ़ने में मदद कर सकेंगे।

इसमें संदेह नहीं कि हम आगे बढ़ रहे हैं और विज्ञान तथा औद्योगिकी की ये सभी महान् उपलब्धियां सारे विश्व को एक सूत्र में पिरोने के लिए और धरती पर रामराज्य स्थापित करने के लिए हैं : हमारे पास सभी साधन हैं, बौद्धिक उपलब्धियां हैं और इच्छा भी है लेकिन संकीर्ण किस्म की सामुदायिक निष्ठा से ऊपर उठने और इस निष्ठा को विश्व समुदाय के प्रति

निष्ठा में परिणत करने के लिए आवश्यक आस्था और क्षमता का अभाव है।

हमें अपने-आपको उस समुदाय के अनुरूप बनाने की चेष्टा नहीं करनी चाहिए, जिससे हम ऊपर उठ चुके हैं। हमें इस सीमा तक अपना कायाकल्प कर लेना चाहिए कि हम यह दिखा सकें कि हम एक ही विश्व के नागरिक हैं। हमारी एक ही राष्ट्रीयता है मानव जाति और एक ही घर है विश्व।

6

बढ़ती आज़ादी

विज्ञान और औद्योगिकी के इस विश्व में, हमें भ्रम और अव्यवस्था का शिकार नहीं होना चाहिए। अगर राजनैतिक दृष्टि से अराजकता की स्थिति नहीं भी है, तब भी साम्राज्यवाद, जातिभेद और आर्थिक विपन्नता जैसे युद्धोत्तेजक कारणों को मिटाना बहुत ज़रूरी है। अगर स्थितियां नहीं बदलीं तो शांति की कोई संभावना नहीं रह जाएगी। इससे विश्वशांति को खतरा पैदा हो जाएगा।

एशिया और अफ्रीका के पराधीन देश आज़ाद होते जा रहे हैं। कुछ हिस्से अभी भी बाकी हैं जो अभी तक आज़ाद नहीं हुए हैं। अभी भी ऐसे देश मौजूद हैं। जो विस्तारवादी हैं। दक्षिण अफ्रीका की जातिभेद की नीति इसका ज्वलंत उदाहरण है। अनेक स्वतन्त्र देशों में भी जातिभेद अभी तक कायम है और इसके कारण नित नये झगड़े उठ खड़े होते हैं। राष्ट्रों के बीच आर्थिक विषमता राजनैतिक स्थिरता के लिए एक बड़ा खतरा है। इससे राजनैतिक कुंठा और असन्तोष को बढ़ावा मिलता है। विश्व के समृद्ध देश कम विकसित देशों के प्रति अपने दायित्व को समझने लगे हैं और संयुक्त राष्ट्र शांतिपूर्ण उपायों से हर प्रकार के साम्राज्यवाद को मिटाने, जातिभेद को खत्म करने और विश्व के गरीब देशों के आर्थिक संकटों को समाप्त करने का प्रयास कर रहा है।

स्वाधीनता के ज़रिये हम पराधीनता से आगे बढ़कर परस्पर निर्भर होते जा रहे हैं। स्वाधीनता का अर्थ अकेलापन नहीं है। संयुक्त राष्ट्र की सदस्यता के ज़रिये हम राष्ट्रों में आपसी निर्भरता के महत्व को बखूबी समझने लगे हैं।

हमारी किंकर्तव्यविमूढ़ पीढ़ी यह जानती है कि मानवता का सबसे बड़ा शत्रु न तो बीमारी है, न अकाल है, बल्कि न्यूक्लीय शस्त्र हैं जो युद्ध छिड़ने पर सभ्यता का विनाश कर डालेंगे और शांति के समय मानव जाति और उसके भविष्य को भयानक क्षति पहुंचाएंगे। हमारे सबसे खतरनाक शत्रु वे हैं जो बेपरवाह होकर अपनी इच्छाओं और आकांक्षाओं को संतुष्ट करने के एक साधन के रूप में न्यूक्लीय युद्ध की ओर बढ़ते जा रहे हैं। संयुक्त राष्ट्र का विश्वास है कि न्यूक्लीय शस्त्रों का प्रयोग उसके सिद्धान्तों का उल्लंघन है। न्यूक्लीय

परीक्षण से सम्बन्धित संयुक्त राष्ट्र के एक प्रस्ताव से इस सम्बन्ध में अन्तर्राष्ट्रीय भावना की शक्ति और गहराई का पता चलता है।

जो लोग न्यूक्लीय युग का राजनैतिक अर्थ समझते हैं, वे यह जानकर बहुत चिन्तित हैं कि विश्व आज दो गुटों में बंट गया है और दोनों गुट शस्त्रों का भंडार इकट्ठा कर रहे हैं और पानी के नीचे, ज़मीन पर, ज़मीन के नीचे और वातावरण में न्यूक्लीय परीक्षण कर रहे हैं। ये सब काम एक सनक के तौर पर आम आदमी के अधिकारों और हितों को नज़र अंदाज़ करते हुए किए जा रहे हैं।

शस्त्रास्त्र युद्ध के मुख्य स्रोत नहीं हैं। वास्तव में प्रभुसत्तासम्पन्न राज्यों के पुराने संबंधों को कायम रखने के चिह्न और प्रतीक हैं : ये राज्यशक्ति को एक ऐसा प्रमुख साधन मानते हैं जिसकी सहायता से अन्तर्राष्ट्रीय विवाद निपटाये जाते हैं। राष्ट्रवाद एक बीमारी है, जो अगर युद्ध नहीं भी भड़काती तो भी विश्वपरिवार को भ्रष्ट बनाती है और उनके संबंधों में ज़हर घोल देती है।

वे सभी कारण, जिनसे अतीत में युद्ध की ज्वालाएं भड़की थीं, विश्व के वर्तमान द्विभाजन में भी मौजूद हैं। दोनों विरोधी गुटों में विचारधाराओं का वह संघर्ष भी मौजूद है, जिसके कारण वे आपस में सन्देह करते हैं, अविश्वास करते हैं और एक-दूसरे से भयभीत रहते हैं। दोनों गुट यह मानते हैं कि उनके परस्पर विरोधी दावे न्यायसंगत हैं। अपने दावों को प्रमाणित करने के लिए दोनों गुट शस्त्रों की होड़ में लगे हैं। जो लोग युद्ध रोकना चाहते हैं, वे निराशावादी और भाग्यवादी हो चले हैं। परन्तु, हमें उम्मीद नहीं छोड़नी चाहिए।

ऐसी प्रवृत्तियां बढ़ती जा रही हैं, जो हमें इस वर्तमान संकट से बाहर निकाल सकती हैं। दो गुटों के बीच सामंजस्य बढ़ता जा रहा है, वार्ताएं हो रही हैं और एक-दूसरे के देशों में परस्पर दौरे हो रहे हैं। सोवियत संघ के वैज्ञानिक और विशेषज्ञ गैरसाम्यवादी देशों के महान् बौद्धिक केन्द्रों में आ-जा रहे हैं। संयुक्त राष्ट्र के मंच पर उन्हें एक-दूसरे को जानने का, अनेक संदेहों, पूर्वाग्रहों और गलतफहमियों को मिटाने का मौका मिलता है। समितियों और सभाओं में वे बहस कर सकते हैं, विरोध कर सकते हैं, हंसी-मज़ाक कर सकते हैं और इससे आगे बढ़कर यह महसूस कर सकते हैं कि वे विषय जिनपर वे सहमत हैं उन विषयों से कहीं अधिक महत्त्वपूर्ण हैं जिनपर वे असहमत हैं। दोनों ही जानते हैं कि विजय का समाधान वे नहीं पा सकते। इन शक्तियों में आपसी हित बढ़ते जा रहे हैं। दो अतिवादी शक्तियों का मिलन हो रहा है। सोवियत आर्मेनिया में एरिवन रेडियो ने अपने प्रश्नोत्तरकाल में एक प्रश्न "पूंजीवाद और साम्यवाद में क्या अन्तर है ?" का उत्तर देते हुए कहा, "पूंजीवाद का अर्थ है मनुष्य द्वारा मनुष्य का शोषण और साम्यवाद इससे ठीक विपरीत है।"

अगर हमारा दिमाग शांत और आनन्दमय है तो शांति और आनन्द हमारे साथ चलेंगे। अगर वह घृणामय और आक्रामक है तो तकलीफ और दुःख हमारे मार्ग को कुहासे से भर देंगे। दुःख और विनाश का जनक दुर्भावना है और स्वास्थ्य और शांति का

जनक सद्भावना है। भय और भूख से रहित विश्व की कल्पना अव्यावहारिक लगती है, लेकिन सभी ऐतिहासिक अनुभव इस विचार की पुष्टि करते हैं कि मनुष्य तब तक किसी चीज़ को नहीं पा सकता जब तक कि वह उसे असंभव मानता रहता है। अब तक मनुष्य की उपलब्धियां अनन्त रही हैं, लेकिन उन भावी उपलब्धियों के मुकाबले ये बहुत बौनी हैं। इतिहास अपने दामन में अनेक आश्चर्य समेटे हुए है।

7

न्यूक्लीय निश्शस्त्रीकरण की आवश्यकता

न्यूक्लीय शस्त्रों के आज के परीक्षणों के प्रभाव तात्कालिक ही नहीं दूरगामी भी होते हैं। इससे अजन्मी पीढ़ियों को काफी नुकसान सहना पड़ता है।

नये राष्ट्रों के अभ्युदय से, पराधीन लोगों की स्वातंत्र्य-संबंधी उत्कट भावना से, विश्व की संपदा में गरीब लोगों की अधिकाधिक हिस्सा पाने की मांग से, कतिपय राष्ट्रों द्वारा जातिभेद की नीति अपनाने से और गरीब तथा अमीर राष्ट्रों के बीच बढ़ती विषमता से यह संसार तनावों से भर गया है। विशाल संहारक न्यूक्लीय अस्त्रों की होड़ में लगे दोनों गुटों के बीच जारी शीतयुद्ध की समस्या इनमें सबसे अधिक महत्त्वपूर्ण और अत्यावश्यक है। अंतर्राष्ट्रीय तनाव की इस विस्फोटक अवस्था में जरा-सी चूक भी विनाश के द्वार खोल सकती है।

भले ही हम न्यूक्लीय शस्त्रों के परीक्षण पर रोक लगा दें, न्यूक्लीय शस्त्रों को नष्ट कर दें, उनका उत्पादन बंद कर दें, फिर भी हम मनुष्य के मस्तिष्क से न्यूक्लीय जानकारी नहीं निकाल सकते। जैसे ही युद्ध भड़केगा, न्यूक्लीय शस्त्रों का उत्पादन और प्रयोग शुरू हो जाएगा। सैनिक शोधकर्ता कम से कम लागत पर भयानक से भयानक शस्त्र बनाने की योजना बना रहे हैं। ऐसा समय भी आएगा जब न्यूक्लीय शस्त्रों को बनाने की जानकारी और सामर्थ्य सभी देशों के पास होगी। इसलिए हमें यह मान लेना चाहिए कि अगर वर्तमान परिस्थितियां जारी रहती हैं तो बड़े पैमाने के किसी भी युद्ध में अब न्यूक्लीय शस्त्रों का प्रयोग होगा और उसके फलस्वरूप हमारे शत्रुओं और खुद हमारा पूरा सफाया हो जाएगा।

जब तक हम युद्ध का प्रयोग अंतर्राष्ट्रीय विवादों को सुलझाने के लिए करते रहेंगे और अपने शस्त्रभंडार में न्यूक्लीय शस्त्र जमा करते जाएंगे तो निश्चित है कि उनका इस्तेमाल भी कभी तो होगा ही। आज जटिल से जटिल अंतर्राष्ट्रीय समस्याओं का निपटारा भी सिर्फ शांतिपूर्ण समझौते से ही हो सकता है। अगर हम न्यूक्लीय शस्त्रों के प्रयोग को रोकना चाहते हैं तो अंतर्राष्ट्रीय झगड़ों के निपटारे के लिए एक साल के रूप में युद्ध का प्रयोग बंद करना होगा।

आज के प्राकृतिक और मानवीय साधनों पर अगर उचित नियंत्रण नहीं रखा गया तो वे भयानक विनाश का कारण बन सकते हैं और अगर उनको उचित ढंग से नियंत्रित किया

तो वे पहले कहीं अधिक बेहतर विश्व का निर्माण कर सकते हैं। भविष्य हमारे हाथ में है। उत्कंठा, भ्रम और तनाव, जो अतीत में युद्ध की ज्वाला भड़काने का कारण बनते रहे हैं, भविष्य में नहीं रहने चाहिए। आज का हमारा चुनाव ही भविष्य में सामूहिक रूप से हमारे जीवन या विनाश का निर्माण करेगा। अगर मनुष्य की शांति की अदम्य इच्छा को बनाए रखना है तो इतिहास को एक नई दिशा देनी होगी।

यह दुर्भाग्य की बात है कि मनुष्य का विश्वास आज अपने-आपसे उठता जा रहा है। हम अपने-आपको असहाय समझ रहे हैं। लगता है कि हम पहल करने और निर्णय लेने की अपनी क्षमता खोते जा रहे हैं। हम एक ऐसे युग में रहते हैं, जो निरुद्देश्य है, जो चिन्तित तो है लेकिन आश्वस्त नहीं है और जो अतीत और भविष्य के बीच डांवाडोल है। मानव मन आज अपने-आपसे संघर्षरत है। न तो हम बुराई का चुनाव करते हैं और न ही उसे स्वीकारते हैं, बल्कि वह हमारा चुनाव करती है। हममें धीरे से घुस जाती है और हमें खोखला कर डालती है। इसकी वजह है कि मनुष्य एक रचनात्मक व्यक्ति नहीं रहा है। वह एक ऐसा पदार्थ होकर रह गया है, जिसको गैरव्यक्तिगत ताकतें आकार प्रदान करती हैं। यह मनुष्य की आत्मपराजय है।

हमारा बहाना यह होता है कि दूसरे लोग भी तो कर रहे हैं, इस संसार में रहते हुए हमें दूसरे लोगों की तरह बर्ताव करना चाहिए, 'शस्त्र शस्त्रेण शाम्यति'—शस्त्र से ही शस्त्र को जीता जा सकता है।

हमें यह मानना होगा कि अब तक मनुष्य द्वारा की गई प्रगति का कारण मनुष्य की मुक्त आत्मा ही रहा है। यह मुक्तात्मा समाज के सभी बंधनों का विरोध करती है और अतीत की जड़ता के विरुद्ध आवाज़ उठाती है। हर प्रकार की प्रगति की मूल प्रेरणा यही आत्मा है। किसी भी समाज में बहुत ही थोड़े लोग ऐसे होते हैं जो आत्मा की जड़ता को खत्म करके उसे अजय बना देते हैं। इससे स्थितियों में परिवर्तन आता है। अगर हम बीमार, कमज़ोर, बूढ़े और गिरते हुए लोगों की मदद करते हैं; अगर हम यह विश्वास छोड़ देते हैं कि बच्चों, चुड़ैलों और अपने शत्रुओं को ज़िन्दा जलाने से देवता प्रसन्न होते हैं; अगर हम आपसी झगड़ों और गुलामी से मुक्ति पा लेते हैं और अगर परपीड़न, ज़िन्दा जलाने और इस प्रकार के अन्य अपराधों को बीते युग की बातें बना देते हैं तो यह आत्मा की शक्ति का परिचायक होगा।

इतिहास में किसी पूर्वनिर्धारित क्रम के अभाव, आकस्मिकता, अप्रत्याशितता और अनियमितता मनुष्य की स्वतंत्र आत्मा की गुंजाइश की ओर संकेत करते हैं। मानवता का भविष्य मानव के हाथ में है। इसमें अपरिहार्य कुछ भी नहीं है।

यह मानना ठीक नहीं कि मानव स्वभाव स्थिर और अपरिवर्तनीय है। बुराई के प्रति मानव संवेदना में वृद्धि हुई है। ऐसे अनेक विश्वास और रूढ़ियां, जो एक समय में मानव समाज में घर किए हुए थीं, आज तिरोहित हो गई हैं। जिसे हम एक समय में अपना

अधिकार समझते थे, आज हम उसे अनुचित समझकर छोड़ रहे हैं। मानव स्वभाव में परिवर्तन हुए हैं और आगे भी होंगे। इस नश्वर संसार में एक शाश्वत इच्छा है जो हमें जीवित रखे हुए है।

यह मानना चाहिए कि बम छोड़ने वाले हाथ के नीचे एक हृदय भी है, जो हाथ में गति पैदा करता है। अगर आज मनुष्य की ललित भावनाएं कुंठित हो गई हैं तो उसकी वजह यह हैं कि हमें यह सिखाया गया है कि बुराई अपरिहार्य है। "बुराई, तुम मेरी अच्छाई में परिणत हो जाओ।" मनुष्य अपनी बुद्धि और हृदय का विकास करके भौतिक पर्यावरण को अपने काबू में कर सकता है। मानव स्वभाव में बहुत-से परिवर्तन हुए हैं और अपने संकल्पयुक्त प्रयासों से हम और भी परिवर्तन ला सकते हैं।

हमें पहला परिवर्तन लाना होगा राष्ट्र-संबंधी अपने दृष्टिकोण में। अपनी गरिमा और अपने मूल्यों के साथ सामाजिक जीवन के एक प्रयोग के रूप में राष्ट्र अपनी जगह बना सकता है, लेकिन शक्ति और शोषण के एक साधन के रूप में यह विनाशकारी सिद्ध हो सकता है। राष्ट्र आपसी विद्वेष के कारण बनने के बजाय आनंद के स्रोत होने चाहिए। अगर हम इतिहास को सही परिप्रेक्ष्य में देखें तो पाएंगे कि कितने ही महान् राष्ट्र और सभ्यताएं आईं और चली गईं। उनके दिन बीत गए। आज उनका नामोनिशान बाकी नहीं है। हमें इस मुकाबले में नहीं रहना चाहिए, दूसरे देश भले ही मिट जाएं लेकिन हमारा देश ज़रूर कायम रहेगा। राष्ट्र तभी कायम रह सकता है जब राष्ट्रवासी प्रेम और सहयोग का मार्ग अपनाएंगे।

राष्ट्रीय प्रभुसत्ता में अंधविश्वास की भावना आज के वर्तमान युग में पूरी तरह असामयिक हो गई है। भविष्य के आकलन के लिए हाल ही के बीते युग में झांककर देखें। जब अमेरिका पहले विश्वयुद्ध में शामिल हुआ तो राष्ट्रपति विल्सन ने 2 अप्रैल, 1917 के दिन कांग्रेस में भाषण देते हुए स्थायी शांति की स्थितियों की ओर संकेत किया। उन्होंने अपनी यह धारणा व्यक्त की कि जब इतने बड़े हमले हो रहे हों तो अमेरिका किस तरह तटस्थ रह सकता है। उन्होंने कहा कि अमेरिका हमले के खिलाफ सामूहिक रक्षा की व्यवस्था में अन्य देशों के साथ सहयोग करेगा। उन्होंने लीग ऑफ नेशन्स की योजना की रूपरेखा भी रखी, किन्तु कांग्रेस ने उसका समर्थन न किया।

सन् 1932 में जेनेवा में निश्शस्त्रीकरण सम्मेलन हुआ। लीग ऑफ नेशन्स की अंतर्राष्ट्रीय बुद्धिजीवी सहयोग समिति के सदस्य की हैसियत से मुझे भी कुछ बैठकों में भाग लेने का सुअवसर मिला। उसी साल जून में राष्ट्रपति हूवर ने सामान्य संधि की एक योजना पेश की, जिसमें जल और थल सेना के अनेक शस्त्रों में भारी कमी करने और हमले में सहायक घातक हथियारों तथा सभी बमवर्षक हवाई जहाज़ों को नष्ट करने का सुझाव दिया गया था। योजना का विश्व-भर में भारी उत्साह से स्वागत किया गया और सम्मेलन में भी अपेक्षाकृत छोटे राष्ट्र इसके पक्ष में थे। जर्मनी, इटली और सोवियत संघ ने भी इसका समर्थन किया।

सोवियत प्रतिनिधि लिविनोव ने शस्त्रों के पूरे निरीक्षण और नियंत्रण की मांग की। जिन सरकारों ने संकोच किया और पीछे रहीं, वे थीं ग्रेट ब्रिटेन और फ्रांस की सरकारें। ब्रिटिश जनता ने तो इसका समर्थन किया लेकिन ब्रिटिश मंत्रिमंडल के सदस्य इसपर एकमत नहीं थे। बाल्डविन मंत्रिमंडल में अल्पमत से पराजित हो गये। हुवर योजना निष्फल हो गई। शस्त्रों की एक दीवानी होड़ शुरू हो गई। सरकारें फिर से सत्ता की राजनीति में लौट आईं। विश्व के निश्शस्त्रीकरण और जर्मनी के पुनश्शस्त्रीकरण के बीच विकल्प का प्रश्न बन गया। पहला विकल्प एक तरफ रखकर दूसरे को अपना लिया गया; और हिटलर सत्ता में आ गया। लीग भंग हो गई। इसका परिणाम हुआ दूसरा विश्वयुद्ध। लीग ऑफ नेशन्स से अलग रहकर भी अमेरिका दूसरे विश्वयुद्ध से अलग न रह सका।

हम हमेशा यह मानते रहे कि सभी लोगों की राष्ट्रीय स्वाधीनता शांति की बुनियादी शर्त है। अब हम यह समझ गए हैं कि राष्ट्रीय स्वाधीनता कितनी भी वांछनीय और आवश्यक क्यों न हो, वह अपने-आपमें शांतिस्थापना में सहायक सिद्ध नहीं हो सकती। दोनों युद्ध के प्रमुख योद्धा देश पूरी तरह से स्वतंत्र राष्ट्र थे। वे किसी भी रूप में साम्राज्यवाद के शिकार नहीं थे। वे इतने अधिक स्वतंत्र थे कि रक्षात्मक कार्रवाई के लिए भी वे आपस में मिलकर एक नहीं हो सकते थे।

ये सरकारें हमेशा ही एक-दूसरे को शक की निगाह से देखती थीं। अगर न्यूक्लीय शस्त्र नष्ट भी कर दिए जाएं तो भी कोई विश्वासघाती सरकार इनका भंडार गुप्त रूप से बचाकर रख सकती है। एक बार जेनेवा में निश्शस्त्रीकरण सम्मेलन में न्यूक्लीय शस्त्रों के संबंध में बोलते हुए श्री जोजेफ गोडबर ने कहा कि "एक पूर्णतः निश्शस्त्र विश्व में एक गैरज़िम्मेदार राष्ट्र, जिसने न्यूक्लीय शस्त्रों का निर्माण कर लिया है, अपने कुछ शस्त्र बचा रखने में कामयाब हो जाता है तो वह आसानी से अपना पूर्ण वर्चस्व स्थापित कर सकता है।"

यह संदेह ही शस्त्रों की होड़, खुफिया सेवा, जनोन्माद और हिंसक प्रचार के कारण हैं। राष्ट्रीय नेता सत्ता, गौरव, सम्मान और सुरक्षा के नाम पर इस प्रकार के तर्क देकर मानव समाज को विशृंखलित करने पर तुले हैं। जब हम शीतयुद्ध और शस्त्रों की होड़ का औचित्य सिद्ध करते हैं तो हमें यह भी सोचना चाहिए कि मात्र जीवित रहने के लिए हम जीवन के आदर्शों को बलि चढ़ा देंगे। हमें मात्र अपना अस्तित्व बनाए रखने के लिए स्वाधीनता और गरिमा के मानव अधिकारों को नहीं छोड़ना है। हम यह नहीं सोचते कि अगर हम सभी खत्म हो गए तो भौतिक या आध्यात्मिक सुख हमारे किस काम के। कोई भी राष्ट्र तब तक सुरक्षित नहीं है जब तक कि विश्व असुरक्षित है, इस बात को हम सिद्धांत के रूप में तो मानते हैं, लेकिन इसपर आचरण नहीं करते। अब दो ही विकल्प हैं, निश्शस्त्रीकरण या विनाश। यद्यपि हम संयुक्त राष्ट्र के सदस्य हैं, फिर भी हम पुरानी संस्थाओं के ढांचे के भीतर राजनैतिक ढंग से ही काम करने के आदी हैं। यद्यपि हम जानते हैं कि नये विश्व में नये उपायों

की आवश्यकता है, फिर भी पुरानी परंपराओं और रूढ़ियों को ही छाती से चिपकाए बैठे हैं।

दोनों गुटों के बीच बढ़ते संघर्ष में आपसी अविश्वास और संदेह की भावना हमें पिछले युगों के संघर्षों की याद दिलाती है। इस प्रकार का संघर्ष यहूदियों और जेण्टाइलों के बीच, यूनानियों और बार्बेरियनों के बीच, रोमन और प्रोविन्शियलों के बीच, टयूटनों और स्लावों के बीच, ईसाइयों और मुसलमानों के बीच, कैथोलिक और प्रोटेस्टैंट के बीच तथा एलाइस और एक्सिस शासन के बीच रहा है। शीतयुद्ध में साम्यवादी और गैरसाम्यवादी मनोवैज्ञानिक दृष्टि से अभियोग के शिकार थे। वे एक-दूसरे पर अभियोग लगाते थे कि अमुक गुट में स्वतन्त्रता का अभाव है तो दूसरे में सामाजिक न्याय का। इन सभी संघर्षों में हम सोचते हैं कि हम विशिष्ट हैं और जो कुछ भी हम करते हैं वही सही है। अपने शासन के प्रति अंधविश्वास और दूसरों के शासन के प्रति घोर संदेह की भावना हम सभी में व्याप्त है। कोई भी राष्ट्र राष्ट्रीय अहम्मन्यता से बरी नहीं है। हम सब गौरव, उत्कट इच्छा और पूर्वाग्रह के शिकार हैं और ढोंगी हैं।

एक राष्ट्र के नागरिक के रूप में सभ्य व्यक्ति भी भिन्न व्यवहार करते हैं। वे अन्य राष्ट्रों के सदस्यों पर संदेह करते हैं और रक्षात्मक ढंग से ही उनसे बर्ताव करते हैं। हम उन्हें उनके चरित्र से नहीं, उनके राष्ट्र से तौलते हैं। प्राचीन रोम में, औद्योगिकी के उदय होने से बहुत पहले कहा जाता था, "सेनाटोर्स बोनि सेनाटस बेस्तिया" अर्थात व्यक्ति के रूप में एक सांसद भला आदमी हो सकता है, लेकिन संस्था के रूप में सांसद एक पशु है। जब हम दूसरों के बारे में राय बनाते हैं तो उसे उसके समाज, धर्म या राष्ट्र से जोड़कर देखते हैं। हम उसकी चेतना में झांककर नहीं देखते, जिसमें निर्णय की विश्वजनीनता का एकमात्र स्रोत विद्यमान है। हमने सामाजिक परिस्थितियों के धुंधलके में आत्मा की पवित्र ज्वाला का गला घोंट दिया और अपने हृदय को मानवता की भावनाओं से निश्शेष कर दिया। हमारे व्यवहार की नियामक भावना वह निष्ठा नहीं है जो सच्चे तौर पर किसी आदमी की विशेषता हुआ करती है। हम डॉक्टर नहीं, बीमारी हैं। अंग्रेज़ कवि ऑडन ने कहीं कहा था, "बौद्धिक अपमान की भावना हर आदमी के चेहरे को घूर रही है।" हमें मनुष्य की गुणवत्ता में तुरंत ही सुधार करना होगा। आज के न्यूक्लीय युग में प्रतिद्वन्द्वी गुटों या समुदायों के बीच शांति स्थापित करने के लिए उन्हीं साधनों को अपनाना होगा, जिनसे अलग-अलग धार्मिक सम्प्रदायों के बीच शांति की स्थापना की गई थी। सैद्धांतिक कट्टरता, जिसमें हर प्रकार के भेदभाव को बढ़ा-चढ़ाकर पेश किया जाता था, अब थोड़ी कम हो गई है। अब हम उनको ज़्यादा मानने लगे हैं जो सत्य के अन्वेषक हैं, बजाय उनके जो यह दावा करते हैं कि उन्होंने सत्य को पा लिया है। धार्मिक और राजनैतिक क्षेत्र के अनेक कट्टरपंथी जन्नत जाने की फिराक में धरती को जहन्नुम बना देते हैं। परमात्मा—जो सभीके हृदयों में झांक सकता है, जो सभीकी इच्छाएं जानता है—उन सभीको स्वीकार करता है जो उसपर विश्वास करते

हैं और उसकी इच्छा पूरी करने के लिए अपना सारा जीवन होम कर डालते हैं। जो लोग जीवन और सौंदर्य के स्रोत उस परमतत्त्व के बारे में कुछ कहते या बोलते हैं, वे सिर्फ उस मार्ग की ओर इंगित करते हैं जिसपर उसे चलना है। प्लॉटिनस के शब्दों में, "सीख केवल कहां और किस प्रकार जाना है, इसीके बारे में दी जा सकती है, लेकिन आंख से देखने का काम तो उसीको करना है जिसमें देखने की इच्छा है।" बुद्ध, उपनिषदों और महान् धार्मिक संतों की यही सीख है।

जब हम प्रेम, सहयोग, सहिष्णुता और सामंजस्य की बात करते हैं तो वास्तव में अपनी सदियों पुरानी परंपरा को ही अलग-अलग ढंग से दोहराते हैं। हम विभिन्न विचारधाराओं के लोगों में मानवता की समान भावना को रेखांकित करते हुए उनके भिन्न मतों में भी समझौता करा लेते थे। हमें दो प्रतिद्वन्द्वी गुटों में अंतर्निहित मनुष्य को देखना चाहिए।

सारा विश्व 'वसुधैव कुटुम्बकम्' की भावना को चरितार्थ करना चाहता है। यही प्रकृति का अभीष्ट है। यही परिस्थितियों की मांग है। वैज्ञानिक, औद्योगिकी और आणविक क्रांति ने सारे विश्व को एक इकाई में बदल दिया है। पिछले पांच हज़ार वर्षों में हम इतिहास के कबीले के युग से चलकर राष्ट्र के युग तक पहुंच गए हैं। हमें अब एक ऐसे प्रभावशाली, सक्षम और संश्लिष्ट संयुक्त राष्ट्र की ओर बढ़ना है जहां राष्ट्र और मनुष्य मानव कल्याण के सामान्य उद्देश्यों के लिए आपस में सहयोग कर सकें। सभी राष्ट्रों की समान विरासत के प्रति सम्मान की भावना से, विश्व में बढ़ती आपसी निर्भरता के प्रति जागरूकता से, सभी लोगों के लिए स्वाधीनता और कल्याण की समान भावना से और राष्ट्रीय प्रभुसत्ता की धारणा के परित्याग से एक अंतर्राष्ट्रीय समाज के निर्माण में मदद मिलेगी।

हम इतिहास के महान् चौराहे पर खड़े हैं। अन्तर्राष्ट्रीय कार्यों के संचालन में एक महान् क्रांति की ज़रूरत है। हम सभी लोग संत नहीं हैं। हम अपने भीतर तनावों के शिकार हैं और दूसरों के साथ संघर्ष में उलझे हुए हैं। हम अपनी आनुवंशिक आदतों के फलस्वरूप उत्पन्न दबावों और तनावों के शिकार हैं। संयुक्त राष्ट्र संघ सभी लोगों के जीवन और प्रगति तथा सभी राष्ट्रों को एक ही कानून के शासन के अंतर्गत लाने की हमारी आशाओं का प्रतिरूप है। जिस प्रकार अराष्ट्रीय और असामाजिक तत्त्वों से निबटने के लिए हमारे पास राष्ट्रीय सुरक्षा दल है, उसी प्रकार अंतर्राष्ट्रीय कानून का उल्लंघन करने वाले तत्त्वों को दबाने के लिए इस विश्व प्राधिकरण के पास अपना पुलिस दल होना चाहिए। विज्ञान और मानविकी के क्षेत्र में कार्यरत गैरसरकारी संस्थाएं विश्व समुदाय के निर्माण में महान् भूमिका निभा रही हैं। वे लोग इस संसार के लोगों को प्रेम और भाईचारे का पाठ सिखा रहे हैं। हम विश्वजनीन सत्य, प्रेम, सहयोग, करुणा और बलिदान का, जिनके बिना कोई भी काम सफल नहीं होता, महत्त्व प्रतिपादित करके विचार और व्यवहार के क्षेत्र में एक नये वातावरण का निर्माण कर सकते हैं।

अगर हमें सारे संसार को प्रभावित करने वाली विभिन्न प्रकार की आर्थिक, सामाजिक, सांस्कृतिक और राजनैतिक संस्थाओं को विनाश से बचाना है तो सभी लोगों के बीच सांस्कृतिक सद्भाव और आध्यात्मिक भाईचारे की भावना भरना अत्यन्त आवश्यक है। मनुष्य सदियों से साथ-साथ रहता है। अब उन्हें सिर्फ साथ-साथ रहना ही नहीं है, बल्कि साथ-साथ जीना है, एक-दूसरे को प्यार करना है। हमें अपने दिमाग के छोटेपन से और छोटे समूहों के प्रति निष्ठा की भावना से मुक्ति पानी होगी। शांति और भाईचारे की भावना मनुष्य के हृदय में गहराई से समाई हुई है। गांधीजी ने कहा था, "अगर यह विश्व संगठित नहीं होता तो मुझे यहां रहने में कोई ख़ुशी नहीं है।"

भावी पीढ़ियां देखेंगी कि किस प्रकार भ्रम, अंधकार, खतरे और निराशा के हमारे युग में सार्वभौम प्रभुसत्तासम्पन्न राज्य अन्तर्राष्ट्रीय उथल-पुथल के शिकार होते हैं, और विश्व समुदाय एक वास्तविकता में बदल जाता है। सारी प्रगति चुपचाप हो जाती है। सभी बड़े काम धीरे-धीरे ही होते हैं। प्रगति कभी एक कदम में हासिल नहीं की जाती।

एक ऐसा दिन भी आएगा, जब भुखमरी नहीं होगी, कोई बेघर नहीं होगा, छूत की बीमारियां नहीं होंगी और युद्ध नहीं होंगे। ईश्वर की शाश्वत सत्ता कल की हमारी आशा है। ईश्वर मानवता के लिए नई संभावनाओं के द्वार खोल रहा है।

8

सच्ची अंतर्राष्ट्रीयता

मानवता इतिहास के एक ऐसे मोड़ पर खड़ी है, जहां से राष्ट्रीय और अन्तर्राष्ट्रीय कार्यों में इसके आचरण में बहुत बड़ा बदलाव आने वाला है। जीवन के बौद्धिकीकरण और धर्मनिरपेक्षीकरण तथा मान्य परम्पराओं की अस्वीकृति ने हमारे लोगों के दिमाग को झकझोर दिया है और वे यह नहीं समझ पा रहे कि वे अब किधर जाएं।

अन्तःसंचार के बढ़ जाने से विश्व भी बढ़ता जा रहा है। जब ईसाइयत का उदय हुआ तो यह सिर्फ एक यहूदी आत्मा थी, लेकिन इसने यूनानी विचारों और रोमन संगठन को आत्मसात् कर लिया। बाद में टॉमस एक्विनास ने कहा, "हमें ईसाई तत्त्वज्ञान में अरस्तू के विचारों को भी स्थान देना चाहिए।" उन्होंने महसूस किया कि ईसाई विचारों और उस युग की समकालीन संस्कृतियों में समन्वय स्थापित करने की बड़ी आवश्यकता है। वैटिकन द्वारा बुलवाई गई सर्वधर्म परिषद् पर विचार करें। इसका उद्देश्य क्या है ? वे इस बात का प्रयास कर रहे हैं कि उनके विचारों और समकालीन संस्कृति, जिसमें सभी धर्म, विज्ञान, औद्योगिकी आदि शामिल हैं, में समन्वय स्थापित किया जाए। ज्ञान के घर का बंटवारा नहीं हो सकता। ऐसी स्थिति में, बौद्धिक निष्ठा ही एक ऐसी आधारशिला हो सकती है, जिसपर समाज के वास्तविक भवन का निर्माण किया जाए और यही काम हम विश्वविद्यालयों में करने का प्रयास कर रहे हैं।

बौद्धिक निष्ठा की नींव पर हम एक आदर्श मानव समाज की इमारत खड़ी कर सकते हैं। लेकिन बौद्धिक निष्ठा को अनेक बाधाओं का सामना करना होगा क्योंकि उग्र राष्ट्रवाद यह मानता है कि प्रत्येक राष्ट्र सर्वश्रेष्ठ है, उसका उद्देश्य है कि वह इतनी ताकत जुटाए कि सारे विश्व पर आधिपत्य कर लें। थुसीडाइडस में एक सूक्ति मिलती है, "सत्ताप्रेम उस दुश्चरित्र वेश्या के समान है जो छोटे और बड़े सभी प्रकार के मनुष्यों और राष्ट्रों को विनाश के गर्त में धकेल देती है।" इस लिए हमें सत्ता या आक्रमण की लालसा या अहम्मन्य राष्ट्रवाद की लालसा में नहीं पड़ना चाहिए, जिसके अनुसार वह सब कुछ अच्छा है जो हमारे पास है और हमारे बाहर कुछ भी नहीं है। इस प्रकार के राष्ट्रवाद की हमारे यहां कोई

जगह नहीं।

राष्ट्रवाद या विश्व नागरिकतावाद के बजाय हमारा उद्देश्य अन्तर्राष्ट्रीयतावाद होना चाहिए। प्रत्येक राष्ट्र इस संसार की संस्कृति और समृद्धि में अपनी योग्यतानुसार, भले ही उसका मूल्य कितना हो, अपना योगदान करेगा। यह कोई ऐसी व्यवस्था नहीं होगी कि सबपर समान रूप से लाद दी जाएगी। हम नहीं चाहते कि संसार को एक ही व्यवस्था में पूरी तरह से ढाल दिया जाए। हम चाहते हैं कि विभिन्न देशों की विविधता, समृद्धि और गरिमा बनी रहे। विश्वनागरिकतावाद का यह मतलब निकाला जा सकता है कि सभीकी एक ही संस्कृति हो और राष्ट्रवाद के बारे में यह सोचा जा सकता है कि आपके राष्ट्र का अधिकार सर्वप्रमुख हो और आप यह कहें कि अन्य राष्ट्र या तो आपकी नकल करें या सांस्कृतिक विस्थापना के शिकार होकर नष्ट हो जाएं।

हम न तो राष्ट्रवाद में विश्वास करते हैं और न ही विश्वनागरिकतावाद में, बल्कि हम अन्तर्राष्ट्रीयतावाद में विश्वास करते हैं, जिसमें सभी राष्ट्र अपने मूल्यों को सुरक्षित रख सकते हैं और अन्य राष्ट्रों से अपने मूल्यों का विनिमय कर सकते हैं। यही एक उपाय है, जिससे विश्व को बचाया जा सकता है। अगर हम शस्त्रों की होड़ या न्यूक्लीय शस्त्रों के उत्पादन के वर्तमान प्रयास के परिणामस्वरूप उनके प्रयोग को गलती से, अचानक, डिज़ाइन के कारण या गलत गणना से रोक न पाए तो यह विश्व नष्ट हो जाएगा। धरती पर मानवता की विनाशकारी उत्कट इच्छा ही बची रह जाएगी और मानव जाति नष्ट हो जाएगी। इससे पहले कि बहुत देर हो, यह महसूस करना ज़रूरी है कि अगर हमें सभ्यता को बचाना है तो हमें अहंकार, घमंड आदि छोड़ना होगा।

सत्य ही एक लक्ष्य है और यह सभी संस्कृतियों में मौजूद है। सम्प्रेरणा का अभाव आपसी अविश्वास को जन्म देता है। अगर हम चुप्पी साध लें तो हत्याकांड शुरू हो जाएगा। इसलिए अगर हम सम्प्रेषण, विश्वास और सत्य की ओर बढ़ते जाएंगे तो हमें मालूम पड़ेगा कि दूसरे लोग क्या सोच रहे हैं। वास्तव में गलतफहमी की वजह से आज यह संसार पागलखाना बना हुआ है।

"समझने का अर्थ है क्षमा करना," यह एक फ्रांसीसी कहावत है। इसलिए ज़रूरी है कि हम सत्य के इस मार्गदर्शी सिद्धांत को अपने सामने रखें। प्रेम का सिद्धांत भी हमारे सामने होना चाहिए। हमें अपने स्वभाव की सभी गंदगियों को, असद् वृत्तियों को, जिन्हें हम बढ़ा-चढ़ाकर दूसरे लोगों में प्रणाणित करते हैं, काबू में करना होगा। प्रेम का पहला सिद्धांत है, अपने भीतर झांको। अगर तुम सचमुच प्रेममय बनना चाहते हो तो यह समझना ज़रूरी है कि तुम्हारी अपनी भावनाएं क्या हैं। मानवता कितनी अभिशप्त है ! हम जानने हैं कि सही क्या है, लेकिन उसपर आचरण नहीं करते। हम जानते हैं कि गलत क्या है, लेकिन उससे बचते नहीं। मानव को अपने स्वभाव की इस आत्मविरोधी भावना को बदलना

होगा। इसलिए प्रेम सिर्फ बुद्धि-चातुर्य ही नहीं है, बल्कि हृदय का अनुशासन है। अनुशासन के बिना बुद्धि-चातुर्य किस काम का ?

यूनानियों ने अनेक सुन्दर कृतियों का निर्माण किया लेकिन राष्ट्रवाद की बीमारी के कारण वे खत्म हो गए। यूनान के महान् कलाकारों, महान् नाटककारों और महान् दार्शनिकों ने शाश्वत मूल्य की अनेक कृतियों का निर्माण किया और यूनानी सभ्यता अपनी कला, दर्शन और साहित्य आदि से संबंधित इन कृतियों के कारण आज भी याद की जाती है। लेकिन वे खत्म क्यों हो गए ? वे अपने पड़ोसियों से बनाकर नहीं रख सके, वे हमेशा आपस में लड़ते रहे और इसके परिणामस्वरूप वे नष्ट हो गए। हम दो महायुद्धों से होकर गुजरे हैं। हमने इन युद्धों से हुआ नुकसान झेला है। शांति की सिर्फ बातों से कुछ नहीं होगा, हमें ऐसी परिस्थितियों का निर्माण करना होगा, जो शांति की स्थापना में सहायक होती हैं। बौद्धिक निष्ठा, अन्तर्राष्ट्रीयतावाद, सत्य से प्रेम और मानवता से प्रेम, इन सिद्धांतों को शाश्वत सिद्धांत समझना चाहिए। कुछ भी अपरिहार्य नहीं है। अभी कुछ भी नहीं बिगड़ा है। आज भी हमारे लिए संभव है कि हम अगर बुरे हैं तो अपने-आपको सुधार लें और अगर अच्छे हैं तो अच्छाई को कायम रखें। हर नया दिन नये जीवन की और हर धड़कन जीवन की नई सांस की आशा जगाती है।

9

विश्व समाज का उदय

धीरे-धीरे एक नया विश्व समाज उदय हो रहा है। यह समाज धीरे से, सूक्ष्म रूप में मनुष्य के मस्तिष्क और हृदय में पनप रहा है। हलचल और उत्तेजना, क्रोध और हिंसा, आत्मा का उलझाव और अभिव्यक्ति की अस्पष्टता सृजन की वेदना के चिह्न हैं। इस पीढ़ी के लोगों से यह अपेक्षा की जाती है कि वे कष्ट सहने की अपनी तमाम शक्ति और क्षमता से इस नये समाज का निर्माण करें।

जब धार्मिक सन्त और दार्शनिक समान मानवता या मानवों के पारस्परिक स्वाभाविक संबंधों के बारे में कहते हैं तो यह प्रज्ञा का ही एक अंश होता है और प्रबुद्ध आत्मा की अपेक्षा होती है। इस तथ्य को आज जितनी मान्यता मिली है, उतनी इतिहास में कभी नहीं मिली। विश्व-भर में मनुष्य का मूल शारीरिक ढांचा, उसकी मानसिक क्षमता, उसकी नैतिक आवश्यकताएं और उसकी आध्यात्मिक आकांक्षाएं समान हैं। जन्म, विकास, बचपन, जवानी, बीमारी, बुढ़ापा, मौत, प्रेम, दोस्ती, दुःख और सुख सभी मनुष्यों के लिए समान हैं। हम सबका एक ही उत्स है और एक ही नियति है। "एकैव मनुष्य जातिः।" अर्थात् मनुष्य की जाति एक ही है। मानव एक है। यह बात कहावत से कहीं बड़ी है। यह कोरी कल्पना नहीं है। यह एक ऐतिहासिक तथ्य बनता जा रहा है। जैसे-जैसे संचार के साधन बढ़ रहे हैं, मनुष्य के विचार और उपकरण सभी मनुष्यों के होते जा रहे हैं। ऐतिहासिक प्रक्रिया की आवश्यकता विश्व को एक बना रही है। हम एक नये समाज की दहलीज पर खड़े हैं। जो लोग भविष्य की समस्याओं के प्रति जागरूक हैं, वे मनुष्य की एकता के आदर्श को अपने विचारों और कार्यों के लिए मार्गदर्शक सिद्धांत के रूप में मान रहे हैं।

2

पिछली शताब्दियों में, विश्व की हमारी दृष्टि एशिया, यूरोप और अफ्रीका तक सीमित थी। इनमें से कोई भी महाद्वीप पूरा विश्व नहीं है। वे आज एक-दूसरे के निकट आ गए हैं और अब एक-दूसरे से दूर नहीं जा सकते। पुरातत्त्वविज्ञान और नृवंशविज्ञान

की खोजों से पता चला है कि प्राचीन कलाएं सौंदर्य और बारीकी की दृष्टि से महान् उपलब्धि थीं, लेकिन एशिया, यूरोप या अफ्रीका के इतिहास की पारंपरिक धारा में उनका कोई स्थान नहीं है।

इतिहास के दार्शनिकों द्वारा इन तथ्यों का सीधे सामान्यीकरण किए जाने से अनेक गलतफहमियां उत्पन्न हो गई हैं। हीगेल अपने इतिहास के दर्शन पर भाषण में कहता है कि "फ्रांस प्रकाश की भूमि है, यूनान गरिमा की भूमि है, भारत स्वप्नभूमि है और रोम साम्राज्य की भूमि है।" सभी संस्कृतियां यह मानती हैं कि उच्चतर जीवन का स्वप्न जीवन का महान् उपहार है। पूर्णता की कामना मानव जीवन की प्रमुख प्रेरणा रही है। मनुष्य अनिवार्य रूप से पुनर्निर्माण करता है। वह अतीत के ढांचे से संतुष्ट नहीं रह सकता। वह जानता है कि हर सुबह नया दिन लाती है और हर धड़कन नये जीवन का नया संदेश देती है।

पूर्व और पश्चिम सापेक्ष शब्द हैं। ये भौगोलिक शब्द हैं, सांस्कृतिक नहीं। चीन, जापान और भारत जैसे देशों के बीच का अन्तर उतना ही महत्त्वपूर्ण है, जितना कि यूरोप और अमेरिका के देशों के बीच का अन्तर। अलग-अलग क्षेत्रों में पृथक विश्वासों और आदतों के साथ विशिष्ट सांस्कृतिक परम्पराएं पनपीं, एक जमाना था, जब चीन और भारत सांस्कृतिक क्षितिज पर चमकते थे और जब पश्चिम के देशों में उन्नति की आकांक्षा ने जन्म लिया, वे चमकने लगे। पिछली तीन शताब्दियों से वैज्ञानिक विकास की सहायता से पश्चिम के देश पूर्व के देशों पर छाए हुए हैं। पिछली तीन शताब्दियों से वैज्ञानिक और औद्योगिक विकास के कारण पूर्व और पश्चिम की खाई निरंतर बढ़ती ही रही है बल्कि वर्तमान पश्चिमी सभ्यता और अतीत की पश्चिमी सभ्यता में भी बहुत अन्तर आ गया है।

उन गतिविधियों के कारण कुछ ऐसी गलतफहमी होने लगी है कि पश्चिम की दृष्टि वैज्ञानिक है और पूर्व के लोग अध्यात्मवादी हैं। इनमें से एक पक्ष को विचारशील और दूसरे को धार्मिक ठहराया जाता है। एक को गतिशील और निरन्तर परिवर्तनशील माना गया है और दूसरे को स्थिर और अपरिवर्तनीय। अगर हम दूर अतीत की ओर दृष्टि दौड़ाएं तो पाएंगे कि चीन और भारत ने तीन-चार शताब्दी पहले विज्ञान और औद्योगिकी के क्षेत्र में काफी उन्नति की थी और इस प्रकार के भी अनेक उदाहरण हैं कि पश्चिम में धार्मिक प्रज्ञा और पवित्रता को बहुत सम्मान दिया जाता था। जितना ज्यादा हम एक-दूसरे को समझते हैं, उतना ही ज्यादा लगता है कि हम एक जैसे हैं। पूर्व और पश्चिम दो भिन्न चेतनाओं या विचारधाराओं को नहीं दर्शाते।

विज्ञान और धर्म हर संस्कृति के पहलू हैं। विचारशीलता और आध्यात्मिकता मानव स्वभाव की अलग-अलग ढंग से बुनी गई रस्सी के दो भाग हैं। मानव इतिहास के अलग-अलग युगों में कभी एक को प्राधान्य मिलता है तो कभी दूसरे को।

बुनियादी रूप में सभी मनुष्य समान हैं और सभीके मूल्य बहुत समृद्ध हैं।

उनका फर्क निश्चय ही बहुत महत्त्वपूर्ण है, लेकिन इनका सम्बन्ध बाहरी, ऐहिक और सामाजिक परिस्थितियों के साथ है, इसलिए इन्हें बदला भी जा सकता है।

3

तीव्र अन्तर्राष्ट्रीय संघर्षों और एक-दूसरे पर कीचड़ उछालने के बावजूद विश्व धीरे-धीरे एक होता जा रहा है। विज्ञान किसी सीमा को नहीं मानता। कला और संस्कृति सबकी समान सम्पत्ति होती जा रही हैं। मनुष्य दलों का ऐकांतिक अस्तित्व अब पुरानी बात हो गई है। विश्व के एक छोर से दूसरे छोर तक पहुंचने में कुछ घण्टों का ही समय लगता है। रेडियो, टेलीविज़न और अखबार हमें दूसरे देशों की घटनाओं की जानकारी देने में मदद करते हैं। भौतिक प्रतिबंध टूट गए हैं और बौद्धिक सम्प्रेषण तथा आध्यात्मिक मिलन का मार्ग प्रशस्त होता जा रहा है। सुदूरवर्ती देश आज हमारे पड़ोसी बन गए हैं और एक अन्तर्राष्ट्रीय समाज का उदय हो रहा है।

विश्व-अर्थव्यवस्था की परस्पर निर्भरता के कारण भी विश्व आज नज़दीक आ रहा है। एशिया और अफ्रीका के देश एक ऐसी क्रांति के दौर से गुज़र रहे हैं, जिसमें जीवन का स्तर ऊंचा उठाने की मांग बढ़ रही है, लेकिन अब तक एक वाजिब जीवन-स्तर प्राप्त करने की मांग भी पूरी नहीं हुई है। वे आधुनिकीकरण या औद्योगीकरण के मार्ग पर आगे बढ़ रहे हैं। हम विज्ञान में एक ही भाषा बोलते हैं और औद्योगिक विकास के लिए भी समान उपकरणों का इस्तेमाल करते हैं। चारों तरफ नये मूल्यों का उदय हो रहा है। इससे पहले मनुष्य के पास कभी संचार के साधन या स्वाधीनता के इतने सूत्र नहीं थे और इसी कारण आज विश्व समुदाय की संभावना बढ़ गई है। विश्व एक इकाई बन गया है और अब इसे एक ही समझने की मांग भी बढ़ती जा रही है।

आज शक्तिशाली न्यूक्लीय शस्त्रों के विकास की दृष्टि से यह केवल संभव ही नहीं, आवश्यक भी हो गई है। राष्ट्रनेता आज अन्तर्महाद्वीपीय प्रक्षेपास्त्रों के विकास की बात कर रहे हैं, इन प्रक्षेपास्त्रों में प्रक्षेपण की इतनी शक्ति मौजूद है कि धरती से संभावित हमलावर का आखिरी निशान तक मिटाया जा सकता है। न्यूक्लीय शस्त्रों की होड़ उस संभावना की ओर संकेत करती है, जिसमें न्यूक्लीय युद्ध छिड़ने पर मनुष्य जाति पूरी तरह नष्ट हो जाएगी। आज यह सवाल नहीं है कि विश्व की सबसे अधिक ताकतवर सैनिक शक्ति किसके पास है या अन्तर्महाद्वीपीय प्रक्षेपास्त्रों की संहारक शक्ति किसकी ज्यादा है। कोई कितना भी ताकतवर क्यों न हो, न्यूक्लीय युद्ध में कोई जीवित नहीं बचेगा। यह मानना एक खतरनाक भ्रम है कि इन शस्त्रों के प्रयोग से वह पक्ष विजयी होगा जिसके पास इन शस्त्रों का विपुल भंडार मौजूद है। सैनिक अजेयता जैसी कोई चीज़ नहीं है। न्यूक्लीय युद्ध का

अर्थ है सर्वनाश। सभी राष्ट्रों का भविष्य एकसाथ बंधा है। या तो हम एकसाथ जिएंगे या एकसाथ मरेंगे। या तो एक समाज बनकर रहेगा या नहीं रहेगा।

4

हमें इस बात का भी ख्याल रखना है कि धरती पर मनुष्य की खोज की क्षमता कहीं खत्म न हो जाए। इस आशंका को ध्यान में रखते हुए जाति, धर्म, वर्ग, वर्ण, राष्ट्र और विचारधारा-सम्बन्धी हमारे झगड़े यों ही अप्रासंगिक हो जाते हैं। हमें कोई ऐसा यथार्थ उपाय खोजना होगा जिससे मानवता का विनाश रुक जाए।

स्नायविक भय से युक्त विश्व की इस वर्तमान परिस्थिति में यह हमारे लिए अत्यावश्यक है कि हम अपने-आपको नई वास्तविकताओं के अनुरूप ढालें और नये विनाशकारी साधनों के दुरुपयोग को रोकने के लिए आवश्यक उपाय करें। हमें अपने-आपमें एक नई लोच पैदा करनी होगी, रचनात्मक अनुकूलन की नई शक्ति भरनी होगी।

सैनिकवाद और राष्ट्रवाद बीते युग की बातें रह गई हैं। हैराक्लिटस ने कहा था कि युद्ध सभी परिवर्तनों का जनक है। सदियों से युद्ध का इस्तेमाल अन्तर्राष्ट्रीय विवादों को निपटाने के लिए किया जाता रहा है, यह बहुत भयानक बात है। इसने पूरी की पूरी सभ्यताओं को समाप्त कर दिया और सभी लोगों को विनाश के मुंह में झोंक दिया। लेकिन नये शस्त्रों के आविष्कार से युद्ध का तरीका बिलकुल बदल गया है। अगर आपसी समझौते सम्पन्न न हों, अगर आपसी विश्वास कायम न हो, अगर इस घातक दौर की प्रतिस्पर्धा चलती रहे तो हम मृत्यु के भय के अन्तर्गत एक भयानक हालत में जीते रहेंगे। वर्तमान युग में युद्ध का अर्थ है आत्महत्या न कि मनुष्य का जीवन। अन्तर्राष्ट्रीय विवादों को निपटाने के लिए युद्धरूपी हथियार का इस्तेमाल हमें छोड़ना होगा; शांति का कोई दूसरा विकल्प नहीं।

मानवता के रंग-बिरंगे इतिहास में अपनी विशिष्ट जीवन-पद्धति को बनाए रखने के लिए हम बार-बार आपस में लड़े। मानवीय विकास के वर्तमान स्तर पर राष्ट्रों में अपनी जीवन-पद्धति से चिपटे रहने की सहज वृत्ति अभी भी बाकी है। राष्ट्रवाद स्वार्थ का सामूहिक रूप है। प्रत्येक जाति, प्रत्येक पंथ, प्रत्येक राष्ट्र अपने-आपको ईश्वर का प्रिय, भविष्य का निर्माता और मानव जाति का शिक्षक बताता है। प्रत्येक राष्ट्र अपनी संस्कृति और अपनी जीवन-पद्धति को बनाए रखने का औचित्य सिद्ध करता है और अचेतन भाव से, अगर चेतन भाव से नहीं तो, अपनी भावनाओं की रक्षा के लिए अपने तर्क गढ़ता है और उन सभीके खिलाफ आक्रामक रवैया अपना लेता है जो उसकी पद्धति को अस्वीकारते हैं और किसी दूसरी जीवन-पद्धति को अपनाने के लिए प्रतिबद्ध होते हैं। पूर्व और पश्चिम के सभी देशों में राष्ट्रीय अहंकार की भावना प्रमुख है। प्राचीन यूनानियों ने अपने राष्ट्र के प्रति उत्कट

और हिंसक आसक्ति से विकसित महान् सभ्यता को नष्ट कर दिया। ला फौन्तेन ने राष्ट्रीय अभिमान की दृष्टि से फ्रांसीसियों को स्पेनवासियों से विशिष्ट सिद्ध करते हुए कहा, "अगर हम बहुत मूर्ख हैं तो वे बहुत पागल हैं।" एक फ्रांसीसी ने घोषणा की थी कि अंग्रेज़ी एक इस प्रकार की फ्रांसीसी भाषा है जिसकी वर्तनी गलत है। और जिसका उच्चारण भ्रष्ट है।

राष्ट्रीय नेता आधुनिक औद्योगिकी के साधनों, जैसे रेडियो, टेलीविज़न आदि, का इस्तेमाल करते हुए अपने लोगों से कहते हैं कि वे इस पराजय से लज्जित हैं, हमारे पड़ोसियों ने हमें ललकारा है और हम सब कुछ मिटाकर अपनी पितृभूमि या मातृभूमि या अपनी विचारधारा के सम्मान के लिए कुर्बान हो जाएंगे। इस प्रकार लोगों को बांटने वाली दीवारें और भी मजबूत हो जाती हैं। अतीत की गलतियों को बढ़ा-चढ़ाकर लिखने और पुराने ज़ख्मों को कुरेदने के मामले में साहित्यिक लेखकों और इतिहासकारों की एक विशिष्ट भूमिका होती है। वे झूठी स्मृतियों को संजोकर लोगों में वैश्विक भावना पैदा करके राष्ट्रों को मदहोश बनाने में मदद करते हैं। एक व्यक्ति के रूप में जहां हम बुद्धिमान, विनम्र, उदार और दूसरों की भावनाओं का आदर करते हैं, वहां किसी अमुक राष्ट्र के सदस्य के रूप में हममें कड़वाहट, अहंकार और असहिष्णुता आ जाती है।

आधुनिक विश्व, जहां हमने अन्तरिक्ष पर विजय पा ली है और ध्वनि से भी तेज़ गति से चलने लगे हैं, के लिए राष्ट्र बहुत संकीर्ण हो गए हैं। भारतीय स्वातन्त्र्य के लिए लड़ते वक्त भी गांधीजी ने राष्ट्रवाद के इस प्रतिक्रियावादी चरित्र के खिलाफ चेतावनी दी थी। उन्होंने कहा था, "गिरा हुआ और पराजित भारत अपने या विश्व के किसी काम का नहीं है। स्वतन्त्र और प्रबुद्ध भारत ही विश्व की सहायता कर सकता है। मैं चाहता हूं कि मेरे देशवासी आज़ाद हों ताकि ज़रूरत पड़ने पर एक दिन मानवता को ज़िन्दा रखने के लिए स्वयं मृत्यु का वरण कर सकें।" हम आत्मसमर्पण के द्वारा अपने-आपकी ही किलेबन्दी कर डालते हैं।

राष्ट्र अमर नहीं है। वे इस गृह के स्थायी मालिक भी नहीं हैं। वे इसके अस्थायी किरायेदार हैं। अगर वे नैतिक कानून का पालन करेंगे तभी ज्यादा देर तक रह सकेंगे। जब तक मनुष्य में लोभ की भावना जीवित है तब तक राष्ट्रों का विनाश ज्यादा देर तक नहीं रोका जा सकता। हम जानते हैं कि सभी महान समाज अपने पीछे कला और कौशल, विचारों और आदर्शों, जो आज भी कायम हैं, की समृद्ध विरासत अपने पीछे छोड़ गए हैं। कोई भी समाज अकारण ही काल-कवलित नहीं होता। सभी जीवित पदार्थ काल-कवलित होते हैं किन्तु मृत्यु से नये जीवन का उदय होता है।

गांधीजी चाहते थे कि हम अन्तर्तम चेतना की आवाज़ और ईश्वरीय कानून के प्रति वफादार हों। क्योंकि यह कानून मनुष्य के हाथों नहीं लिखा गया बल्कि यह एक ऐसा शाश्वत कानून है जो इन युगों में लिखी गई सभी संहिताओं का अजस्र स्रोत है। यही वह नैतिक कानून है जो मानव परिवार के सदस्यों को आपस में बांधता है और सम्पूर्ण मानव

समाज की सुरक्षा और खुशी के लिए हमें दायित्व की एक नई भावना से भर देता है। खुद के प्रति निष्ठावान रहकर ही हम दूसरों के हितों का ज्यादा ख्याल रख सकते हैं। राष्ट्रों की आपसी निर्भरता इतनी अधिक बढ़ गई है कि कोई भी राष्ट्र स्वयं क्षतिग्रस्त हुए बिना दूसरों को क्षति नहीं पहुंचा सकता। राष्ट्र अब द्वीप नहीं रह गए हैं, सीमाएं अपना अर्थ खो चुकी हैं।

सह अस्तित्व में विकास किसी कमज़ोरी का नतीजा नहीं। यही एक ऐसा तरीका है जो असहिष्णुता और गलतफहमी की इस दुनिया से छुटकारा दिला सकता है। जिस नई व्यवस्था की हम कामना करते हैं वह न राष्ट्रीय है और न ही महाद्वीपीय, न यह पूर्वी है न पश्चिमी, यह विश्वजनीन है। हमें एक ऐसी भावना का विकास करना होगा जिससे हम यह महसूस कर सकें कि हमारा राष्ट्र अनेक राष्ट्रों में से एक है और प्रत्येक राष्ट्र विश्व की समृद्धि और विविधता में अपना विशेष योगदान करता है। मानवता अमुक जाति या अमुक राष्ट्र नहीं है, बल्कि एक सम्पूर्ण मावनता है जो सहयोग के लिए आज एक-दूसरे के निकट आ रही है। सिर्फ इसलिए कि युद्ध सदियों से हमारे साथ रहे हैं, यह नहीं माना जा सकता कि वे आगे आने वाले सभी समयों में भी हमारे साथ ही बने रहेंगे।

राष्ट्र-अलगाव, प्रभुसत्ता, निरपेक्षता, स्वायत्तता की पुरानी धारणा और नये अन्तर्राष्ट्रीय समुदाय के बीच, जिसमें ज़िन्दा रहने के लिए हमें मिल-जुलकर रहना है, काफी विवाद है। अभी भी समय है कि हम राष्ट्रीय प्रभुसत्ता और ताकत में विश्वास के अतीत को छोड़ दें और नये भविष्य के निर्माण के लिए शांति, स्वाधीनता और विधिमान्य न्याय के आदर्श के साथ काम करें। इतिहास एक मार्ग है जिसपर महत्त्वपूर्ण मुद्दों के अनेक चौराहे हैं।

5

मानव विकास का पिछला इतिहास हमें यह ढाढ़स बंधाता है कि युक्तिसंगत आयोजन और अपेक्षित प्रयत्नों से हम धीरे-धीरे विवादों को निपटाने के सैनिक उपाय से छुटकारा पा सकते हैं। अपने राष्ट्र के भीतर हम अपने अधिकारों के लिए आम तौर पर बल प्रयोग नहीं करते। हमने कानून का शासन मान लिया है और अपने विवाद कानून या किसी अन्य शांतिपूर्ण उपाय द्वारा निपटाने की कोशिश करते हैं।

ऐसे भी लोग हैं जो कानून अपने हाथ में लेने का लोभ संवरण नहीं कर पाते और हम उनकी गैरकानूनी हिंसा को रोकने के लिए पुलिस की शक्ति का प्रयोग करते हैं, जिससे कोई भी व्यक्ति अपने स्वार्थपूर्ण उद्देश्यों के लिए बल प्रयोग नहीं कर पाता। राष्ट्र के भीतर कानून का शासन है, न्याय की व्यवस्था है और पुलिस की शक्ति है।

हम मानव कल्याण की ऐसी स्थितियां भी उत्पन्न करने की कोशिश करते हैं। जिससे असंतोष, अव्यवस्था और संघर्ष को बढ़ावा न मिले। राष्ट्र के भीतर कानून का तभी उल्लंघन

होता है जब वैध आकांक्षाओं की पूर्ति भी नहीं हो पाती, चारों ओर दुःख और कष्ट का वातावरण होता है और भविष्य अंधकारमय दिखाई पड़ता है, जब सारे का सारा समाज यह महसूस करने लगता है कि वह सम्मानपूर्वक अपना जीवन भी नहीं जी सकता तो शासन के खिलाफ विद्रोह कर उठता है। सामाजिक भावना, मानवीय चिन्ता और करुणा से प्रेरित शक्तियां राष्ट्र के भीतर कार्यरत होती हैं और वे समाज में स्वस्थ परिस्थितियां पैदा करने के लिए हमेशा ही सचेष्ट रहती हैं।

राष्ट्र के सभी लोगों के सामने कुछ आदर्श और उद्देश्य होते हैं और वे समग्र रूप से सारे समाज के आम कल्याण के लिए प्रयत्नशील रहते हैं। एक राष्ट्र कतिपय राजनैतिक कार्यों को निभाने के लिए एकत्रित लोगों का अस्थायी संगठन नहीं होता। यह एक शक्तिशाली संगठन है। राष्ट्रीयता की भावना जाति, भाषा या धर्म से उत्पन्न नहीं होती बल्कि राष्ट्र के सदस्यों द्वारा स्वीकृत पारंपरिक मूल्यों से उत्पन्न होती है। अपरिभाषित कर्तव्यों के प्रति उनके मन में सम्मान और आदर का भाव होता है।

अगर एक कल्याणकारी राष्ट्र के भीतर प्रचलित परिस्थितियां विश्वव्यापी स्तर पर सुलभ हो जाएं तो हमें राष्ट्रीय प्रभुसत्ता का थोड़ा-बहुत त्याग करने, विवादों को शांतिपूर्ण उपायों से निपटाने, शांतिपूर्ण उचित समाधानों को लागू करने, हिंसा को रोकने, न्यूनतम कल्याणकारी आर्थिक परिस्थितियां उत्पन्न करने और राजनैतिक अत्याचारों तथा जातिभेद की नीति के कारण सताए जाने वाले लोगों की तकलीफें दूर करने और आध्यात्मिक मूल्यों पर आधारित नैतिक समाज का निर्माण करने के लिए तैयार हो जाना चाहिए। विश्वनागरिकता के लिए अपेक्षित कर्तव्यों और दायित्वों को आज बखूबी समझने की आवश्यकता है। आज हमें मनुष्य को अपनी कमज़ोरियों से ऊपर उठाना है और राष्ट्रीय आदमी से आगे बढ़कर विश्वजनीन आदमी बनाना है।

संयुक्त राष्ट्र संघ आधिकारिक विश्वव्यवस्था के निर्माण की दिशा में पहला चरण है। कानून की व्यवस्था कायम करने के लिए इसके पास शक्ति का अभाव है, कुछ मामलों में इसने सैनिक शक्ति का प्रयोग अवश्य किया है। आज निश्शस्त्रीकरण, निरीक्षण और नियन्त्रण की बातें चल रही हैं। यूरोप, एशिया और अफ्रीका में एक-दूसरे का सामना करते हुए दोनों शक्तिशाली गुटों के कारण ही शीतयुद्ध की नौबत आई है। अगर शीतयुद्ध खत्म करना है तो इन गुटों को विनाशकारी शस्त्रों की होड़ रोकनी होगी। अगर दोनों पक्ष हमेशा ही एक-दूसरे से बढ़कर शस्त्रों के निर्माण में जुटे हों, एक-दूसरे को संदेह और अविश्वास की नज़रों से देखते हों तो युद्ध अवश्यंभावी होगा। जैसे राष्ट्रीय कल्याण की मांग है शक्ति का व्यक्तिगत अधिकार छोड़ना, वैसे ही अन्तर्राष्ट्रीय सुरक्षा की भी मांग है, राष्ट्रों द्वारा हिंसा के अधिकार का परित्याग। हमें राष्ट्रों के हाथों से शस्त्र लेने होंगे और उन्हें अन्तर्राष्ट्रीय संरक्षण में रखना होगा। स्थानीय पुलिस दल को छोड़कर विश्व के सभी शस्त्र विश्व के अन्तर्राष्ट्रीय शक्ति

दल के हाथों में सौंपने होंगे।

अगर एक पूर्ण और विश्वजनीन निशशस्त्रीकरण समझौता हो जाए तो उससे विशाल धनराशि सुलभ हो जाए और इस धनराशि का उपयोग सभी अल्पविकसित देशों को पर्याप्त सहायता देने के लिए किया जा सकता है। संयुक्त राष्ट्र शैक्षणिक वैज्ञानिक सांस्कृतिक संघ (यूनेस्को), अन्तर्राष्ट्रीय श्रम संगठन, खाद्य व कृषि संगठन, विश्व बैंक बाल निधि और इसी प्रकार के अन्य संगठन विश्व के देशों में अवसर और जीवन-स्तर से सम्बन्धित वर्तमान विषमताओं में सुधार लाने का प्रयास कर रहे हैं। वे मानते हैं कि जाति, संस्कृति या राष्ट्रीयता के ख्याल के बिना आर्थिक समस्याएं सारी मानवता की एक हैं। भूख की कोई राष्ट्रीयता नहीं होती। विश्व के साधनों का विकास सारी मानवता के कल्याण के लिए किया जाना चाहिए। यह बात सर्वमान्य-सी होने लगी है कि समृद्ध देशों का यह दायित्व है कि वे गरीब देशों को ऊपर उठाने में उनकी मदद करें। शांति तभी सुरक्षित होगी जब विश्व के लोग शस्त्रों तथा भूख, विस्थापना, बीमारी और निराशा से छुटकारा पा लेंगे।

साम्राज्यवाद और जातिभेद मुख्य संघर्षों के मूल कारण हैं और उन्हें मिटाना बहुत आवश्यक है। राजनैतिक स्वतन्त्रता और पिछड़े देशों के आर्थिक कल्याण के लिए शांतिपूर्ण परिवर्तन की व्यवस्था होनी चाहिए।

एक ही राष्ट्र के निवासी होने का बोध एक ऐसी भावना से उत्पन्न होता है, जिसमें समान स्मृतियां और आशाएं, समान ऐतिहासिक अनुभव और समान कलात्मक तथा सांस्कृतिक विरासत का अहसास हो। अगर विश्वनागरिकता का विकास करना है तो 'पूर्व और पश्चिम में सामंजस्य और सहयोग' जैसे उपायों से ऐसी सांस्कृतिक समृद्धि और जानकारी को उजागर करना होगा, जिसके हम सब वारिस हैं। जब शरारतपूर्ण गलतफहमी फैलाने की कोशिश की जाए, तो हमारा यह कर्तव्य होना चाहिए कि हम राष्ट्रों के बीच रचनात्मक सामंजस्य स्थापित करने का प्रयास करें।

ऐसे व्यावहारिक उपायों की खोज राजनैतिक नेताओं का काम है, जिसके द्वारा उपलब्ध शक्तिस्रोतों और संचार साधनों का उपयोग विश्व के लोगों के बीच पारस्परिक सहयोग और मैत्री के लिए किया जा सकता हो। सांस्कृतिक सामंजस्य के बिना राजनैतिक सामंजस्य अर्थहीन है। इस प्रकार का सामंजस्य अपने वास्तविक महत्त्व के अलावा मनुष्य के अनुभव को भी समृद्ध बनाता है। विज्ञान और उद्योग, शिक्षा और संस्कृति हमें भौतिक और बौद्धिक स्तरों पर जोड़ते हैं। हमें मानवता को सिर्फ एक संगठन के रूप में नहीं बल्कि एक ऐसी सजीव रचना के रूप में देखना चाहिए, जिसमें मानव गरिमा और स्वतन्त्रता के शाश्वत मूल्य अन्तर्ग्रथित हैं। मानवीय समुदाय की भावना के अभाव में समाज एक हिंसक भीड़ का रूप ले लेता है।

हम राष्ट्रीय भेदभाव, सांस्कृतिक विविधता और कलात्मक समद्धि के बिना विश्व की

कल्पना भी नहीं कर सकते। मानवीकरण की ओर बढ़ते विश्व में सांस्कृतिक विविधता सौंदर्य और रचनात्मकता को जन्म देती है। ये यूनेस्को जैसे संगठनों का काम है कि वे मनुष्य के मन में वैविध्य के प्रति सम्मान का भाव उत्पन्न करके मानवता की विशाल संयुक्त दृष्टि विकसित करें और सारे विश्व में शांति के लिए जागरूकता और सहयोग की भावना का निर्माण करें। विज्ञान और औद्योगिकी, आर्थिक व्यवस्था और राजनैतिक ढांचे सारे विश्व के समान होंगे और विश्व के विविध लोग अपनी स्थानीय परंपरा, कला और साहित्य को भी विकसित कर सकेंगे। वे नई सभ्यता को समरसता से उबार लेंगे।

10

भविष्य अपरिहार्य नहीं है

हम इस विश्व में इतिहास के अत्यन्त महत्त्वपूर्ण मोड़ पर खड़े हैं। यह अवस्था काफी उत्तेजक है। लोग मानवता के भविष्य के प्रति चिन्तित हैं। क्या ये वैज्ञानिक सफलताएं मानव की साहसिक कार्य की भावना को ही कुचल देंगी या ये विश्व का कायाकल्प एक ऐसे स्वर्ग के रूप में कर देंगी जहां हर पुरुष और स्त्री को अपनी योग्यतानुसार पूरी तरह से आगे बढ़ने का अवसर मिलेगा ?

इस शताब्दी का आरंभ गहरे विश्वास के साथ हुआ था, किंतु पहले विश्वयुद्ध ने उस विश्वास की धज्जियां उड़ा दीं। दो युद्धों ने इस युग को मोहभंग और चिंताकुल बना दिया और और दूसरा युद्ध छिड़ गया। दूसरे युद्ध के बाद अब हम शीत युद्ध के दौर से गुज़र रहे हैं। यह युद्ध है पूर्वाग्रहों, ईर्ष्या और घृणा की अंतर्निहित भावनाओं का। इसके कारण राष्ट्रों में टकराव होगा या एक दूसरे पर अधिकार करने की कोशिश करेंगे और विश्व को कसाई घर बना देंगे। विश्व को बचाने के लिए, आत्महत्यापरक और विनाशक भावनाओं से छुटकारा पाना होगा ताकि सम्पूर्ण मानवता के इतिहास में गौरव और हर्ष का एक नया अध्याय जुड़ जाए।

भविष्य हमारे हाथों में है, लेकिन अपरिहार्य नहीं है। ऐतिहासिक निर्णयवाद या वैज्ञानिक निर्णयवाद या यांत्रिक आवश्यकता जैसी कोई चीज़ नहीं है। अतीत का इतिहास साक्षी है कि अगर हम अपनी स्वतन्त्रता और अपने दायित्व का उपयोग सही दिशा में करने का सामर्थ्य रखते हैं तो मानवता का भविष्य आशामय है।

हम केवल जानकारी बढ़ाने में लगे हैं, एक ऐसी जानकारी जो हमें एक ऐसी क्षमता प्रदान करती है जिससे हम प्राकृतिक संकटों से अपने-आपको बचा सकें। प्रत्येक वैज्ञानिक और प्रत्येक औद्योगिकीविज्ञ में एक रचनात्मक पक्ष होता है। वह सह रचनाकार है अर्थात् स्वयं ईश्वर है। वे वातावरण को मानवता के उपयुक्त बनाने के लिए एक बार फिर वातावरण की रचना कर रहे हैं। इस विज्ञान और औद्योगिकी को मानव द्वारा अपनाई गई एक ऐसी प्रक्रिया मानना चाहिए जिससे वह अपने नैतिक स्वभाव की कमज़ोरियों को जीत सके, आवश्यकता के दृढ़ कानून से छुटकारा पा सके और यह महसूस कर सके कि वातावरण

को एक बार फिर बदला जा सकता है। मनुष्य की इस रचनात्मक भावना के बिना कोई भी महान् चीज़ हासिल नहीं की जा सकती है। इसलिए विज्ञान और औद्योगिकी एक ऐसी प्रेरणा रचनात्मक उद्वेगों को देते हैं जो उद्वेग प्रत्येक मनुष्य में पहले से विद्यमान होते हैं।

यदि हम इस रचनात्मक पक्ष की अनदेखी करें, अगर हम अपने-आपको प्रकृति का मात्र एक अंश बना डालें और अगर हम इस विश्व में अपने-आपको एक पदार्थ ही समझें तो जैसा कि अरस्तू ने कहा था कि हम 'अनुप्राणित उपकरण', जिनमें अपनी कोई इच्छा नहीं होती, बनकर रह जाएंगे। अनेक जगहों पर यातना शिविरों में पूर्णतः संगठित समाज में मनुष्य पहल करने और प्रयत्न करने की अपनी विशेषता खो बैठता है और वे मात्र पदार्थ बनकर रह जाते हैं, तथा वे यह महसूस नहीं करते कि प्रत्येक मनुष्य व्यक्ति भी है और पदार्थ भी। उसमें प्रकृति और अतिप्रकृति दोनों के ही तत्त्व मौजूद हैं। ये दोनों तत्त्व प्रत्येक मनुष्य में विद्यमान होते हैं। कभी-कभी ये संघर्षरत रहते हैं किन्तु वैज्ञानिक या औद्योगिकीविज्ञ वही है जो अपनी आज़ादी के लिए लड़ता है, प्रकृति पर अपना निर्णय देता है, प्रकृति के रहस्यों को भेदने और नियंत्रित करने का प्रयास करता है। वह केवल प्राकृतिक आवश्यकता का शिकार बनकर नहीं रह सकता। वह विश्व के सभी नियमों से भली भांति परिचित होना चाहता है।

इसीके लिए वह प्रयत्नशील होता है। वह आज़ादी या प्रकृति से आज़ादी की आकांक्षा करता है। सभी प्रकार की भूख भले ही वह आध्यात्मिक, वैज्ञानिक या धार्मिक भूख हो—मनुष्य की इस अनिवार्य स्वतन्त्रता की ही भूख है।

हम इस विश्व में प्राकृतिक घटनाओं को—गरीबी, बेरोज़गारी, बीमारी, मृत्यु—को घटते हुए देखते हैं, क्या ये अपरिहार्य हैं ? क्या मनुष्य के लिए यह सब सहना अनिवार्य है ? क्या मनुष्य के लिए इनपर विजय पाना, इनसे छुटकारा पाना और अपने-आपको अनिवार्यतः मनुष्य बनाए रखना संभव नहीं है ? इस विश्व में हर खोज यहीं से शुरू होती है। बुद्ध भगवान् पूछते हैं, "बीमारी, बुढ़ापा और मृत्यु यहां क्यों ?" क्या विश्व की ये घटनाएं स्वयंचालित और पूर्ण हैं ? इनके पीछे इनका नियामक कोई सिद्धांत है, क्या इनका कोई प्रेरक है जिससे ये आकार पाती हैं, बनती हैं और जीवन ग्रहण करती हैं ? क्या यह विश्व एक मृत विश्व है या एक जीवित विश्व है ?

इस प्रश्न का उत्तर सभी महान् धर्मों ने दिया है। उनका कहना है कि इस क्रूर कालचक्र से हमें छुटकारा मिल सकता है। इसका यह अर्थ नहीं कि हम काल से बच सकते हैं बल्कि इसका अर्थ यह है कि हम काल पर विजय पा सकते हैं। जिस प्रकार वैज्ञानिक प्रकृति से भागता नहीं है बल्कि उसे समझने का प्रयास करता है, उसपर काबू पाने की कोशिश करता है, उसी प्रकार धार्मिक व्यक्ति का कहना है कि हमें काल की क्रूर गति से बचने का प्रयास करना चाहिए। सभी महान् धर्मों में यही कहा है। धर्मशास्त्रों के अनुसार ईसा, जो हमारे लिए पूजनीय हैं, के शब्द अंतिम शब्द नहीं थे। वे ऊपर उठ गए थे। हैंडल

ने कहा है, "यदि कीड़े मेरे सारे शरीर को खोखला कर डालें तब भी मैं अपने मांस में ईश्वर को देख सकता हूं।" इन सभीका यह कहना था कि मनुष्य के लिए यह अनुभब करना संभव है कि मनुष्य भी एक विश्वजनीन या दिव्य तत्त्व है। यही दिव्य तत्त्व सभी प्रकार की आंतरिकता, रचनात्मकता और स्वाधीनता, जिसका उपयोग मनुष्य इस संसार में करता है, का मूल कारण है।

यदि हम आज एक ऐसी अवस्था से जहां हम सिर्फ अपनी त्वचा से ही ढके होते थे और पत्थर की कुल्हाड़ियों का इस्तेमाल करते थे, वर्तमान अवस्था में पहुंचे हैं, इसका कारण मात्र घटनाचक्र नहीं है बल्कि मनुष्य की वह आत्मा है जो उसे आगे देखने के लिए प्रेरित करती है और यह बताती है कि वह अभी अपूर्ण है, अधूरा है, बिखरा हुआ है। मनुष्य में ही ऐसे तत्त्व मौजूद हैं जो दिव्य तत्त्व के साथ मिलकर उसे दिव्य तत्त्व के अनुरूप बनाते हैं। यह कोई आसान प्रक्रिया नहीं है। हर व्यक्ति ईश्वरीय यथार्थ की बात कर सकता है लेकिन थोड़े-से ऐसे लोग भी हैं जो इस यथार्थ तत्त्व को जानते हैं और उसे अपने अस्तित्व की शिराओं में महसूस करते हैं। अगर वे ऐसा कर पाए तो एक-दूसरे के लिए घृणा, ईर्ष्या या संदेह की भावना रखना ही असंभव हो जाएगा।

किन्तु मनुष्य एक आत्मविरोधी तत्त्व है। उसमें अनेक विरोध हैं। वह प्रतिभा की ऊंचाइयों तक पहुंच सकता है या नीचता की गहराइयों में गिर सकता है। एक ही बारी में वह इस विश्व के लिए गौरव और घृणा का कारण बन सकता है। अगर वह अपनी शक्तियों का उपयोग मानवता के कल्याण के लिए करे तो ईश्वर के साथ उसकी गिनती हो सकती है। वह ईश्वर का सह रचनाकार है और यह ईश्वर ही है जो उसमें कार्यरत है, वह स्वयं नहीं।

किन्तु अगर हम यह चाहते हैं कि यह संसार मानवता के लिए एक सुंदर घरौंदा बन जाए तो हमें मानव स्वभाव के इस आत्मविरोध पर विजय पानी होगी। रवीन्द्रनाथ टैगोर ने कहा था, "हठधर्मिता एक प्रकार का जाल है जो मुझे बांध लेता है, लेकिन जैसे ही मैं उसे तोड़ने की कोशिश करता हूं तो मेरे हृदय में एक टीस-सी उठती है। जो परदे मैं अपने ऊपर ओढ़ता हूं, मैं जानता हूं कि वे गर्त और मौत के परदे हैं, फिर भी मैं उसे प्यार से गले लगा लेता हूं।" यही आत्मविरोध है। हम जानते हैं कि सही क्या है, हम जानते हैं कि विश्व समुदाय के प्रति हमारी बुनियादी निष्ठा क्या है, हम जानते हैं कि हमें किसी गुट, वर्ग या जाति के लिए काम नहीं करना चाहिए, बल्कि सारी मानवता के लिए काम करना चाहिए। मानवता सभी राष्ट्रों, राष्ट्रीय गुटबंदियों या प्रशासनिक सुविधाओं, जो भौगोलिक और ऐतिहासिक परिस्थिति के कारण उत्पन्न हो गई हैं, से ऊपर है।

हम मानव इतिहास के एक ऐसे चरण पर पहुंच गए हैं जहां सभी चीज़ें मानव जाति के प्रति प्रमुख निष्ठा से कहीं छोटी हो गई हैं। यह एक चुनौती है जिसका आज हम सामना कर रहे हैं। हम किस प्रकार इसका सामना करेंगे ? यह बहुत मुश्किल है। महान् ईसाई संत ऑगस्टाइन

अपनी प्रार्थना में कहा करते थे, "हे। भगवान्, मुझे पवित्रता दे, लेकिन अभी नहीं।" दूसरे शब्दों में हमारे पतित स्वभाव की यही तो बाधा है। क्योंकि इसे नियंत्रित करने के लिए अनुशासन की आवश्यकता है, अपने हृदयों को चीरने, अपने मस्तिष्कों को सुधारने और सभी उद्वेगों, जो हमें विनाश की ओर ले जाते हैं, से मुक्ति पाने की आवश्यकता है। इस सब का मतलब है कायाकल्प की प्रक्रिया। सच्चे धर्म का अर्थ है, मनुष्य की नीच आत्मा का विनाश और उच्चात्मा का पुनर्निर्माण। इसके लिए हमें अपने-आपको दिव्य आत्मा के अनुरूप बनाना होगा।

अगर हम ऐसा कर पाते हैं, अगर हम ऐसा करने के लिए प्रयत्नशील होते हैं तो संभव है कि हम इस संसार का पुनर्निर्माण कर सकें और इसे मानवता के योग्य बना सकें।

कुछ साल पहले मुझे प्राहा के चार्ल्स विश्वविद्यालय में बोलने का मौका मिला था। उन्होंने सूझे विश्वात्मा को परिभाषित करने के लिए कहा, मैंने उनके सामने महान् जौन हस, जो उस विश्वविद्यालय के आरंभिक दिनों में प्राचार्य थे, का उदाहरण रखा। मैंने कहा कि वह व्यक्ति विश्वात्मा का सच्चा प्रतीक था। उनकी गर्दन पर लकड़ी के गट्ठर रखे थे और मजिस्ट्रेट कह रहा था, "अगर तुम अपना बयान वापस ले लो तो तुम्हें छोड़ दिया जाएगा, वरना मैं इन लकड़ियों में आग लगा दूंगा।" जौन इस का उत्तर था, "गट्ठर में आग लगा दो।" और जो आखिरी शब्द उन्होंने कहा वह जाति और राष्ट्र की सभी सीमाओं को पार कर गया। उन्होंने कहा था, "मैं एक खराब चेक बनने के बजाय एक अच्छा जर्मन बनना ज्यादा पसंद करूंगा।" उन्होंने विश्वजनीन मानवता का पक्ष लिया था।

मेरे लिए यह महत्त्वपूर्ण नहीं है कि अमुक आदमी किस देश का रहने वाला है, बल्कि महत्त्वपूर्ण यह है कि वह एक भला आदमी है या बुरा आदमी है। यही एक कसौटी है, जिसे मैं मानता हूं। मैं नहीं मानता कि मेरी राष्ट्रीयता से भिन्न कोई व्यक्ति, जिसे मैं विदेशी मानता हूं, बुरा आदमी है, न ही मैं यह मानता हूं कि मेरी राष्ट्रीयता के सभी लोग भले हैं। मेरे विचार ऐसे नहीं हैं। अगर आप सच्ची विश्वात्मा का प्रतीक देखना चाहते हैं तो सुकरात द्वारा पश्चिमी विश्व के सामने रखी गई आत्मा की परिकल्पना को देखिए, जिसे बाद के युग में कई अन्य व्यक्तियों ने अपने उदाहरण से सिद्ध किया। वास्तव में बौद्धिक निष्ठा और विश्वजनीन प्रेम की भावना ही विश्वात्मा का प्रतीक है। विज्ञान और औद्योगिकी की महान् उपलब्धियों और इस विश्व के संहार की उसकी संभावनाओं की कितनी भी चर्चा की जाए, लेकिन विज्ञान और औद्योगिकी ने सबसे अच्छा काम जो किया है वह यह है कि विश्व के सभी राष्ट्रों, जातियों, संस्कृतियों और सभ्यताओं को उसने एक-दूसरे के निकट ला खड़ा किया। वे निकट आए हैं, लेकिन अब उन्हें फिर कभी अलग नहीं होना है। हम साथ बैठकर एक ही समुदाय के सदस्यों की तरह अपनी समस्याओं को सुलझाना है। हमारी सच्ची राष्ट्रीयता है मनुष्य जाति और सारा विश्व हमारा घर है। आज इसी तरह का समाज उदय हो रहा है। आज जो हम इस विश्व में चारों तरफ हलचल, आंदोलन, हिंसा और आक्रोश देख रहे हैं, हम पाएंगे कि वह सब कुछ

नई बिश्वब्यवस्था के जन्म की पीड़ा है।

यह विश्व अग्निपिंड की अवस्था से निवास योग्य जीवन की अवस्था में आया और उसके बाद पशु और मनुष्य की अवस्था में आया। आज मनुष्य इस अवस्था में आ गया है कि संदेह और अविश्वास के कारण वे एक-दूसरे से दूर होते जा रहे हैं। चक्र अभी पूरा नहीं हुआ है। विश्व समुदाय के नागरिक बनने से पहले उन्हें अपने-आपको पूर्ण बनाना होगा।

हम अपने अंतर्राष्ट्रीय विवादों को निपटाने के लिए एक राष्ट्र के रूप में सैनिक उपाय अपनाने के आदी हैं। दोनों ही बातें आज के समय से मेल नहीं खातीं। लगता है कि इन सभी न्यूक्लीय शस्त्रों के साथ आज इस्तेमाल में आने वाले सैनिक उपाय अपने उद्देश्यों की पूर्ति में सफल नहीं हो पाएंगे। और राष्ट्र की इस मान्यता से कि हमें ईश्वर ने मनुष्य जाति को सीख देने के लिए खास तौर पर चुना है या तैयार किया है, प्रत्येक राष्ट्र संघर्ष को अपरिहार्य बना रहा है।

हमें ऐसी स्थिति लानी है, जहां पहुंचकर हम सोचें कि हम सब एक ही ईश्वर की संतान हैं और प्रत्येक राष्ट्र को इस विश्व की समृद्धि तथा मानव समाज की विविधता और सम्पत्ति को बढ़ाने के लिए अपना विशेष योगदान करना है। हमें इस प्रकार के समाज के लिए काम करना है।

हम यहां पहुंचेंगे कैसे ? हम जानते हैं कि राष्ट्रों का निर्माण कैसे किया गया था। लोगों के पास अपनी निजी सेना हुआ करती थी और हमने यह सोचा था कि अगर हमें गुटों और कबीलों के बीच के विवाद निपटाने हैं तो हमें निजी हिंसा के अधिकार को छोड़ना होगा और अपने पास के बलप्रयोग के सभी साधनों को एक केन्द्रीय सत्ता, जिसे राष्ट्र का नाम दिया गया, हवाले कर देना चाहिए।

जब तक लोगों के साथ न्यायोचित बर्ताव नहीं किया जाता, जब तक उन्हें ऐसे अवसर नहीं दिए जाते जिससे वे अपनी क्षमता का पूर्ण विकास कर सकें और जब तक कुछ लोग दलित हैं और कुछ विशिष्ट लोग सभी प्रकार की सुविधाएं भोग रहे हैं और ज्यादातर लोग दुःख, गरीबी और बेरोज़गारी आदि का सामना कर रहे हैं, तब तक असंतोष, विद्रोह और कलह का स्रोत बना रहेगा।

इसलिए अगर राष्ट्र में स्थिरता लानी है तो उसके सभी नागरिकों को आत्माभिव्यक्ति का अधिकार मिलना चाहिए। आत्माभिव्यक्ति और आत्मविकास के अवसर उन्हें दिए जाने चाहिए।

अगर हम अपनी निजी सेनाएं छोड़ दें और बलप्रयोग के साधनों को केन्द्रीय सत्ता के सुपुर्द कर दें और सामाजिक असंतोष के सभी कारणों को मिटा दें तो हम राष्ट्रीयता और ऐसे आदर्शों की, जो सभी नागरिकों को एकसूत्र में बांधते हैं, पूति कर सकेंगे। इससे राष्ट्र में स्थायित्व आएगा। निजी सेनाओं का त्याग, आपसी मतभेदों का निपटारा, समान लक्ष्य, समान उद्देश्य की प्राप्ति—इन सभी बातों को हमें अंतर्राष्ट्रीय स्तर तक ले जाना है। विश्व

के देशों की प्रभुसत्ता का कुछ भाग हमें केन्द्रीय सत्ता को सौंपना होगा। अगर विश्व के देशों के बीच राजनैतिक दमन, जातिभेद या आर्थिक शोषण से उत्पन्न विवादों के स्रोत मौजूद हैं तो हमें इन स्रोतों को हटाने के लिए, जो इस विश्व में संघर्ष के कारण हैं, यथासंभव प्रयास करना होगा।

असली संघर्ष तो मनुष्य के मन में है। हम जानते हैं कि सही क्या है, अपरिहार्य क्या है। घटनाओं के भीतर क्या है, और इस विश्व का उद्देश्य क्या है ? सभी पैगम्बरों और संतों ने हमें इसके बारे में बताया है। लेकिन हमारा टकराव हमारी प्राचीन परंपराओं, हमारे प्राचीन इतिहास से हो रहा है। हम अभी भी राष्ट्रों से चिपके हुए हैं। हम अभी भी 'जिसकी लाठी उसकी भैंस' के सिद्धांत में विश्वास करते हैं। इसलिए हम शस्त्रों का भंडार बढ़ाते जा रहे हैं। अगर इनका विस्फोट हुआ तो सर्वनाश हो जाएगा। अगर विस्फोट नहीं भी हुआ तो भी न्यूक्लीय शस्त्रों के परीक्षण के समय ही रेडियो-धर्मिता के तत्त्व मनुष्य के शरीर में जमा होते जाएंगे और फिर वे बहुत जल्दी न सही, धीरे-धीरे ही मरते जाएंगे। यह होकर रहेगा; आज भी हो रहा है लेकिन छोटे पैमाने पर। शस्त्रनिर्माता कहते हैं कि बात इतनी गंभीर नहीं है लेकिन सत्य यह नहीं है। यह भावी विश्व समाज का संघर्ष है, जो हमें बता रहा है कि सभी राष्ट्रों को और हमारे प्रतिद्वन्द्वी प्रभुसत्ताक समाजों को, जिसमें हर कोई एक-दूसरे को दबाना चाहता है, चाहिए कि वे भविष्य को आशामय बनाने के लिए अपना योगदान करें। यही वह संघर्ष है जो मनुष्य के हृदय में तथा भविष्य और भूत में चल रहा है।

हमें भूत से नहीं जुड़े रहना चाहिए, हमें भविष्य की ओर आगे बढ़ना चाहिए। यह तभी हो सकता है जब मनुष्य का मस्तिष्क और हृदय विशाल हो। मनुष्य की आत्मा का विस्तार या मनुष्य के मन का विकास ही ऐसे समाज का निर्माण कर सकता है। हमें एक नई विश्वव्यवस्था, एक नया विश्वसमाज, एक विश्वचेतना, एक विश्वसमुदाय की स्थापना करनी है।

मनुष्य का जन्म प्रेम और निर्माण के लिए हुआ है, घृणा और विनाश के लिए नहीं। किसी अन्य व्यक्ति को मारने का प्रयास करना या ऐसे साधन अपनाना, जो अन्य लोगों के लिए घातक सिद्ध हो सकते हैं, एक असामान्य, अप्राकृतिक प्रक्रिया है। हमें यह मानना चाहिए कि यही अदृश्य हथियार मानवता के रक्षक हैं। हो सकता है कि ये कुछ समय के लिए किसीसे अलग हो जाएं लेकिन यह अलगाव अस्थायी होगा : इसे आसानी से खत्म किया जा सकता है।

मेरा विचार है कि मानव इतिहास के इस महत्त्वपूर्ण दौर में वही लोग, जो संघर्ष और युद्ध से ऊपर हैं, जो अपने-आपको ईश्वर और मानवता का सेवक मानते हैं और संख्या में भी बहुत कम हैं, इस विश्व को ऊंचे स्तर पर ले जा सकते हैं। अपनी आत्मा को उठाने से प्रत्येक व्यक्ति परमात्मा का अवतार बन सकता है। उसमें एक ऐसा प्रकाश है जो हमेशा उसीमें उपस्थित रहता है। वह कभी भी परमात्मा से अलग नहीं हो सकता। और जब

परमात्मा है तो वही इस विश्व के सभी व्यक्तियों का रक्षक है। कोई भी व्यक्ति ऐसा नहीं, जिसमें परमात्मा मौजूद न हो। अगर हमें कोई ऐसा काम करना पड़े जो हमारे लिए नया हो, हमारे विचारों से मेल न खाता हो, अगर हमारा शासनिक दायित्व ही हमें कोई ऐसा काम करने के लिए लुभाता हो जो हमारे अपने व्यक्तिगत विश्वास से मेल न खाता हो तो हमें उसे नहीं करना चाहिए या अगर करना भी पड़े तो आंखों में आंसू भर कर करना चाहिए। प्रलोभन के तट पर खड़े होकर भी हमें यह नहीं भूलना चाहिए कि हमारी अंतिम निष्ठा ईश्वर, सत्य और मानवता के प्रति है।

11

भविष्य का आश्वासन

मानव मन शांति की कामना करता है और अनिश्चितता, असंगति और अव्यवस्था से बचने की कोशिश करता है। अव्यवस्थापूर्ण स्थितियों और अनुभवों में बह व्यवस्था लाने का प्रयास करता है। मनुष्यमात्र साधनों का ही निर्माता नहीं है, बल्कि वह व्यवस्था का भी निर्माण करता है। वह दुनिया की तरफ देखता है तो पाता है कि पदार्थ एक-दूसरे की जगह लेते जा रहे हैं और इस प्रकार यह क्रम निरंतर चलता रहता है। ये सभी पदार्थ काल के अधीन हैं। महानतम कलाकृतियां और महानतम सभ्यताएं भी परिवर्तन के प्रभाव से मुक्त नहीं हैं। इसलिए मनुष्य जानना चाहता है कि अंतरिक्ष की इस प्रक्रिया का क्या कोई अर्थ है, क्या जीवन का कोई उद्देश्य है और क्या इतिहास की कोई दिशा है या यह सब निरर्थक है?

आल्बेयर कामू जैसे कुछ अस्तित्ववादी भी हैं जो यह सोचते हैं कि यह विश्व निरर्थक है, इसके पीछे कोई उद्देश्य नहीं है, मृत्यु का कोई अर्थ नहीं है। वास्तव में यह तो निराश होकर समस्या को ही छोड़ देने वाली बात है। प्रत्येक आध्यात्मिक जिज्ञासा शाश्वत परिवर्तन की वर्तमान समस्या से सम्बद्ध होती है और यह शंका उठाती है कि क्या परिवर्तन का यह क्रम सार्थक है या निरर्थक ? बुद्ध ने कहा था, बुढ़ापा, बीमारी और मृत्यु ही जीवन का वास्तविक कम है।" प्लेटो इसका दार्शनिक उत्तर पाने के लिए हमें मृत्यु का मनन करने की सलाह देते हैं।

इसलिए प्रश्न उठता है कि क्या परिवर्तन ही अंतिम है या परिवर्तन के बाद कोई ऐसा तत्त्व भी है, जो परिवर्तन को अर्थवत्ता प्रदान करता हो, इसका संचालक, सूचक या इसे महत्त्वपूर्ण और सोद्देश्य बनाने वाला हो। हमारे कुछ विचारक हमसे यह पूछते हैं और हमें अंधकार, मृत्यु और अपूर्णता से बाहर निकाल लाते हैं। आइए, यह भी देखें कि क्या कोई चीज़ ऐसी है, जो सत्य है और हमें अंधकार से प्रकाश की ओर और मृत्यु से अमरता की ओर ले जाती है ? क्या प्रलय ही सभी पदार्थों का अंत है या इसका कोई विकल्प भी है ? या इस विश्व का कोई अर्थ है ? पहले यह कहा गया कि इस विश्व में कुछ नहीं हो सकता। आखिर क्यों कुछ हो और क्यों कुछ न हो ? कुछ है, इस तथ्य का अर्थ यही है कि एक शाश्वत

रचनाक्रम है, जो एक पदार्थ से दूसरे की उत्पत्ति का कारण है और यही वह तत्त्व है जिससे सभी पदार्थ अस्तित्व पाते हैं। अस्तित्व का अर्थ है बने रहना। इसलिए अगर कुछ है तो क्या वह स्वयंस्फूर्त है या युक्तिसंगत है या सिर्फ एक यांत्रिक प्रक्रिया है ? इस अस्तित्व में उद्देश्य की कोई संगति ज़रूर होनी चाहिए क्योंकि यह विश्व स्वयं सिर्फ घटनाओं का एक निरंतर क्रम नहीं है और इसका विकास एक पदार्थ से दूसरे पदार्थ की उत्पत्ति के रूप में होता है।

हम अग्निपिंड से जीवित चेतना के रूप में, जीवित चेतना से पशु के रूप में और पशु से मनुष्य के रूप में विकसित हुए हैं, लेकिन मनुष्य इस विकास-क्रम का अंतिम शिखर नहीं है। हमें मनुष्य से भी आगे जाना है—मनुष्य को अपने-आपको सुरक्षित रखना होगा। उसमें अनेक असंगतियां और विसंगतियां हैं। वह चाहता कुछ है और करता कुछ और है। अगर यही पदार्थों का अंत है, अगर मनुष्य इससे आगे नहीं बढ़ सकता तो विकास की यह प्रक्रिया असफल है। इसलिए अस्तित्व का अर्थ है बौद्धिक संगति। इसका उद्देश्य है व्यवस्था-लाभ। ब्रह्मांड के विकास का अर्थ है अस्तित्व से बौद्धिक संगति की ओर एक व्यवस्थित क्रमबद्ध विकास-क्रम। अब यह प्रश्न उठता है कि यह चेतना क्यों है और क्यों इसने इसी ब्रह्मांड का निर्माण किया है, किसी और का नहीं ? अगर इस चेतना की संभावना अनंत है तो क्यों इस विशेष संभावना को चुना गया है, किसी और को नहीं ? इसका उत्तर यह है कि यह चेतना भी स्वतंत्र है। इसे चुनने की स्वतंत्रता है। यह एक संभावना की उत्पत्ति का चुनाव करती है, दूसरी का नहीं। इसलिए इस ब्रह्मांड की ओर देखते हुए हम यह जानने की कोशिश करते हैं कि इस ब्रह्मांड के पीछे कोई आधार भी है या नहीं।

उपनिषद् कहती है कि अगर हम सत्य को प्राप्त कर सकते हैं तो ईश्वर या उस अमर तत्त्व का प्रेम भी प्राप्त कर सकते हैं। बुद्ध 'निर्वाण' की बात करते हैं। उनके अनुसार निर्वाण को प्राप्त करने पर मनुष्य काल के बंधन से मुक्त हो जाता है। दिव्य निराशा ही ईसाई धर्म की स्थापना का कारण थी और इसका उत्तर था, "वह ऊपर उठ चुका है। भले ही कीड़े मेरे शरीर को खोखला कर दें, लेकिन मैं मांस में भी प्रकाश ही पाऊंगा।" इसलिए वे सभी लोग जो इस कालचक्र में उसे सार्थक मानते हैं, घोषणा करते हैं कि सृष्टि का लक्ष्य है और उद्देश्य भी है और मनुष्य आध्यात्मिक चेतना, जो प्रकाशमान है, जो घृणा और भय से मुक्त है तथा विश्वबंधुत्व की भावना से अनुप्राणित है, के अध्ययन और आंतरिक अनुशासन द्वारा अपनी वर्तमान बौद्धिक अवस्था से ऊपर उठ सकता है। स्वतंत्रता की यह भावना प्रत्येक व्यक्ति में मौजूद है।

जब हम सिर्फ पदार्थ बनकर रह जाते हैं तो यह नहीं सोचते कि हममें भी चेतना का वैशिष्ट्य, बुद्धि और स्वतंत्रता की भावना मौजूद है। इस प्रकार हम अपने-आपको अमानवीय बना डालते हैं और पहिये के एक दांते के समान बनकर रह जाते हैं। प्रत्येक व्यक्ति को चाहिए कि वह यह अनुभव करे कि वह एक व्यक्ति-चेतना है, उसमें विश्व का कायाकल्प करने, इतिहास का रुख बदलने और अपना लक्ष्य निर्धारित करने की क्षमता

है। हम मात्र पदार्थ नहीं हैं। लेकिन लाखों लोग ऐसे हैं जो महसूस नहीं करते हैं। वे रचनात्मकता, जो उनमें मौजूद हैं, के सिद्धांत को भी नहीं मानते और निष्क्रिय पदार्थ के समान अपने-आपको परिस्थितियों के हाथ में छोड़ देते हैं जो हमें यह सोचने के लिए विवश कर देती हैं कि हम ज़रूरतों के मारे हैं और अपने भविष्य का निर्माण करने में असमर्थ हैं। हम मुक्त इच्छा के द्वारा ही वर्तमान अवस्था तक पहुंचे हैं और इसीके द्वारा आगे भी बढ़ सकते हैं। निराशा का कोई कारण नहीं है क्योंकि हममें आत्मा मौजूद है। हमें परिस्थितियों से पराजित नहीं होना है। हमें भाग्यवाद का शिकार नहीं होना है। हम अपना भविष्य तय कर सकते हैं। हमें अपरिहार्य के आगे यह कहते हुए घुटने नहीं टेकने हैं कि हम कुछ नहीं कर सकते। हमें आगे बढ़ना है।

विश्व की वर्तमान अवस्था में भी, जब विज्ञान और औद्योगिकी ने न्यूक्लीय युद्ध के लिए महान् शस्त्रास्त्रों का निर्माण करके चामत्कारिक उन्नति कर ली है, हमारे लिए यह कहना आवश्यक नहीं है कि विनाश अपरिहार्य है। बीमारी, व्यापक रोग, भूचाल जैसे भयानक विनाश के कारणों के बावजूद मनुष्य आज जीवित है। जब तक उसकी अंतरात्मा जीवित है, जब तक वह उस लौ को बुझा नहीं देता है और जब तक रचनात्मक आत्मा उसमें कार्यशील है, तब तक वह आगे ही बढ़ता रहेगा। इस विश्व की अपरिहार्य नियति है इस विश्व को सुखी घर बनाना। विश्व में अनेक परिवर्तन हुए हैं। परिवर्तन अच्छी दिशा में हों, यह असंभव नहीं है। जब हमने इस हद तक वैज्ञानिक जानकारी बढ़ा ली है तो हमें नियंत्रण भी सीखना होगा और उस जानकारी को नियंत्रित करना होगा ताकि हम अपने आपसी, सामाजिक और राजनैतिक संबंधों को सुधार सकें। हमारे यहां जागीरदारी, कबीले और वंश थे। हमने उन्हें खत्म कर दिया और व्यक्तियों तथा कबीलों के बलप्रयोग का अधिकार छीनकर उसे राष्ट्र की केन्द्रीय सत्ता के हाथों में सौंप दिया। हमें कुछ और भी करना होगा। राष्ट्र के सभी नागरिकों के बीच विद्यमान विषमता के कारणों को खत्म करना होगा। इसी प्रकार हमें प्रयत्न करना होगा कि सभी नागरिकों के कुछ एक आदर्श और उद्देश्य समान हों। हमने निजी दलों और व्यक्तियों द्वारा बलप्रयोग के साधन अपनाने पर रोक लगाकर राष्ट्र की स्थापना करने में सफलता प्राप्त कर ली है। जिस प्रकार आर्थिक विषमता और भुखमरी मिटाकर तथा लोगों के आदर्शों और उद्देश्यों में समानता लाकर राष्ट्र बनाए गए, उसी प्रकार साम्राज्यवाद और जातिभेद जैसे असंतोष के कारण मिटाकर तथा सम्पूर्ण मानवता के उद्देश्य में समानता लाकर उसी प्रक्रिया से सम्पूर्ण विश्व को एक समुदाय के रूप में परिणत किया जा सकता है।

इस प्रकार का समान उद्देश्य विश्व के लोगों के हृदय में अंकित करना होगा। विषमता के कारणों को मिटाना होगा और राष्ट्रों में पारस्परिक सामंजस्य की भावना पैदा करनी होगी ताकि वे अपने-आपको एक ही मानव समाज के अंग समझ सकें जैसे कि आज वे अपने-आपको एक राष्ट्र का अंग समझते हैं। कट्टर राष्ट्रवाद वर्तमान युग की विशेषता है, लेकिन

हमें इसके स्थान पर सच्चे अंतर्राष्ट्रीयतावाद को लाना होगा। हम विश्व नागरिकतावाद नहीं चाहते जिसमें हम सभी राष्ट्रों को एक ही राष्ट्र के रूप में मिला देते हैं। इसलिए न तो राष्ट्रवाद और न ही विश्वनागरिकतावाद हमारा उद्देश्य है, बल्कि ऐतिहासिक प्रक्रिया हमें एक ऐसे लक्ष्य की ओर ले जा रही है जहां प्रत्येक राष्ट्र बिना अपनी प्रतिभा और वैशिष्ट्य खोए कुछ न कुछ योगदान कर सकता है। इसीको हम संयुक्त राष्ट्र कहते हैं, लेकिन हमें इस संयुक्त राष्ट्र को मज़बूत बनाना होगा और वे सभी अधिकार देने होंगे, जिनसे वह गलतफहमी और मनमुटाव के कारण उत्पन्न मातृहंता किस्म के विवादों का निपटारा कर सके। एक नये मनुष्य का निर्माण करना होगा, जो सम्पूर्ण मानवता का हमदर्द हो। मनुष्य में इस प्रकार का परिवर्तन लाने के लिए आंतरिक परिवर्तन की आवश्यकता है।

आज धर्म भी औपचारिक कट्टरपंथी, संस्थागत और हठधर्मी बनकर रह गया है। धार्मिक लोग आपस में लड़ रहे हैं। आपस में एक-दूसरे के प्रति प्रेम होने के बजाय उनमें घृणा है। ऐसा धर्म क्या कर सकता है ? अगर हमें अपने मन को बड़ा बनाना है, हृदय को समृद्ध बनाना है तो मनुष्य की प्रकृति के कायापलट की प्रक्रिया पूरी होनी चाहिए। यही परिवर्तन विश्व में संभावित परिवर्तन का प्रतीक होगा। हमें अपने-आपको विश्व का सच्चा नागरिक समझना चाहिए। हम सभी लोग एक ही चट्टान से तराशे गए हैं, एक ही स्रोत से उद्भूत हैं। हमें भावी जीवन की ओर उन्मुख होना चाहिए और अपने-आपमें तब्दीली लानी चाहिए। मात्र वातावरण में तब्दीली आने से आंतरिक तब्दीली नहीं आएगी। हम अनुशासन और ध्यान से ही भीतरी परिवर्तन ला सकते हैं। अगर हमें एक नये विश्व का, जिसमें युग-युगों की कलाकृतियां और देश के सभी भागों की पुस्तकें और शास्त्र हमारे लिए उपलब्ध हैं, वारिस बनना है तो हमें यह सब करना ही होगा। इसलिए हमें एक-दूसरे को समझने और उन्हें अपना समझकर अच्छे या बुरे के रूप में मान्यता देनी चाहिए। सभी अकादमियों और विश्वविद्यालयों का भी यही उद्देश्य है : बौद्धिक निष्ठा, आपसी सामंजस्य, विश्वशांति और राष्ट्रों में आपसी सद्भावना।

उपसंहार

आंतरिक प्रकाश

आज बहुत-से ऐसे लोग हैं जो आध्यात्मिक भ्रम के शिकार होकर मस्तिष्क या अनीश्वरवादी हो जाना चाहते हैं। वे अपने-आपसे सवाल भी करते हैं कि क्या कोई ऐसा धर्म नहीं हो सकता, जिसमें बौद्धिक निष्ठा और नैतिक विश्वास दोनों के लिए ही स्थान हो ? ये लोग जो आधुनिक विज्ञान की संतान हैं, शांति-स्थापना के सिद्धांत की ओर उन्मुख हो जाते हैं, जो हमारे अपने देश की परम्पराओं से मिलते-जुलते हैं। हमारे देश में भी ऐसे बहुत-से लोग हैं जो अपनी आत्मा के विरुद्ध आचरण को और आधुनिक युग के विकसित मस्तिष्क से मेल न खाने वाले अप्रामाणिक अन्धविश्वासों को स्वीकार नहीं कर पाते, फिर भी वे आध्यात्मिक साक्षात्कार के लिए या परमतत्व के अन्तर्दर्शन के लिए धर्म की ओर उन्मुख हुए। इन लोगों का कहना है कि परमात्मा ऊपर स्वर्ग में नहीं रहता, बल्कि मनुष्य की आत्मा में रहता है। शांतिसिद्धांतवादी इसे 'आंतरिक प्रकाश' कहते हैं या 'अवतार ज्योति' अर्थात् एक ऐसी ज्योति जो मनुष्य के अन्तर्तम में निवास करती है।

आत्मा की इस दुनिया में या शांतिस्थापना के इस सिद्धांत में एक ऐसे समुदाय की परिकल्पना है जो इस समुदाय के सदस्यों के जीवन का और हमारे देश का भी एक नियामक सिद्धांत है। यही कारण है कि हम यह मानते हैं कि मनुष्य का स्वरूप आध्यत्मिक है। मनुष्य का हृदय परमात्मा का निवासस्थान है; यह शरीर, जिसे हम देह कहते हैं, देवालय है। अगर सचमुच हम यह मानते हैं कि प्रत्येक मनुष्य में ईश्वर होने की सम्भावना मौजूद है, आत्मा का प्रकाश या अंतर्तम प्रकाश मौजूद है तो प्रत्येक मनुष्य को हमें सर्वाधिक सम्भावनाओं से युक्त मानना होगा और उसे ईश्वरीय गुणों से अलग करके दुत्कारने योग्य नहीं समझना होगा। प्रत्येक मनुष्य में परमात्मा मौजूद है।

यही लोकतांत्रिक आचरण का अधार है। लोकतंत्र सिर्फ राजनैतिक व्यवस्था या सुविधा नहीं, बल्कि आध्यात्मिक विश्वास है। आज हम अपनी राजनैतिक संस्थाओं में इस विश्वास के आधार पर आचरण करने का प्रयास कर रहे हैं। आप पाएंगे कि भारतीय संविधान में कुछ ऐसी बातें शामिल की गई हैं जिन्हें एक ज़माने में हमने अपनाया था और

सहा था और आज हम उन्हीं बातों की अपेक्षा कर रहे हैं। आप पाएंगे कि 'अस्पृश्यता' को अपराध माना जा रहा है, वर्गभेद और जातिभेद को मिटाया जा रहा है। वर्गभेद तो अपरिहार्य है लेकिन जातिभेद अनुचित और घातक है।

और सबसे अधिक महत्त्वपूर्ण बात तो यह है कि हमें दूसरों के धार्मिक विचारों के प्रति सहिष्णुता का रुख अपनाना है, हमें न केवल उन्हें बर्दाश्त करना है, बल्कि उनकी सराहना भी करनी है। अगर हम यह मानते हैं कि धर्म, परम सत्य को पाने का एक व्यक्तिगत प्रयास या दृष्टि है तो हमें यह भी मानना होगा कि इसके अनेक मार्ग, अनेक नाम हैं। इन सभी बातों को हम मानते तो हैं लेकिन अपने जीवन में इनका आचरण नहीं करते।

भारत में हिन्दू, इस्लाम, बुद्ध, ईसाई, सिक्ख, यहूदी, जरथुस्त्र धर्म के अनुयायी रहते हैं। संविधान के अनुसार हम सबको यह आज़ादी है कि हम अपने-अपने धर्मों का पालन कर सकते हैं, अपने-अपने रीति-रिवाज निभा सकते हैं और हमें इन सबके पालन की वहां तक छूट है जहां तक यह आचरण दूसरे लोगों की चेतना को चोट न पहुंचाए और दूसरे लोगों की इसी प्रकार की आज़ादी में हस्तक्षेप न करें।

यह परम्परा हमारे देश में अनेक सदियों से कायम है। लोग अलग-अलग दिशाओं से भारत आए और उन्होंने भिन्न-भिन्न दृष्टिकोण अपनाए। जब तक ये लोग तीर्थयात्रियों के समान मार्ग पर चलते रहे तब तक हो सकता है कि वे लोग आपस में झगड़ते ही रहे हों, लेकिन जब ये अपनी मंज़िल पर पहुंचते हैं तो महसूस करते हैं कि सभी लोग एक ही ईश्वरीय परिवार के सदस्य हैं, आत्मवान् होने के कारण सजातीय हैं। भले ही वे इस्लाम, ईसाई या बुद्ध के मार्ग से वहां पहुचे हों; वे सब एक ही देवालय के सदस्य हैं। भले ही हम यीशु या बुद्ध या मोहम्मद के देवालय से सम्बद्ध न हों लेकिन एक ही परमात्मा के देवालय के सम्बन्ध ज़रूर हैं। इसी परमात्मा को अलग-अलग धर्मों में अलग-अलग नामों से याद किया जाता है।

यह परम्परा हमारे यहां तीन हज़ार वर्षों से चल रही है। हमने हमेशा ही इसपर आचरण किया हो ऐसी बात नहीं। हम अपने दुर्भाग्य के दिनों में इस मार्ग से भटक भी गए हैं लेकिन जब तक कुछ लोग हमारे बीच ऐसे विद्यमान रहे, जो सामाजिक चेतना के सामने या समाज के मन-मस्तिष्क के सामने इस आदर्श को प्रस्तुत करने की क्षमता रखते हों, हम इसे एक आदर्श के रूप में मानते रहे।

हमें एक ऐसे सिद्धांत का पालन करना है जो बताता है कि धर्म को परमात्मा की अनुभूति के रूप में स्वीकार किया जाना चाहिए। सेंट पॉल का कहना है, "हमारे आपस में विवाद हो सकते हैं लेकिन ईश्वर के सामने हमारे सभी विवाद सुलझ जाते हैं और हम एक-दूसरे को एक ही परिवार का सदस्य मानने लग जाते हैं।"

यह परम्परा हमें विरासत में मिली है और यही परम्परा लोकतांत्रिक विश्वास का आधार है। जब आप भाईचारे की धारणा से एक-दूसरे को प्यार करते हैं, जब आप सभी

लोगों को ईश्वर की सन्तान समझते हैं तो एक जाति और दूसरी जाति में, इसी प्रकार एक राष्ट्र और दूसरे राष्ट्र के बीच कोई वास्तविक अन्तर नहीं रह जाता। न तो कोई शासक जाति है और न ही शासक राष्ट्र और न ही शासक वर्ग। हम सभी लोग इसी विश्व के नागरिक हैं और ईश्वर की सन्तान हैं।

इसलिए इन सभी दीवारों और अन्तर को खत्म किया जाना चाहिए। हमें अपनी विचारप्रक्रिया में इस धारणा को स्थान देना होगा कि किसी व्यक्ति को दूसरे के नियमन का अधिकार नहीं है और प्रत्येक व्यक्ति अपने लिए एक व्यवस्था चुनने में स्वतन्त्र है। दूसरे शब्दों में हर समुदाय को इस बात की छूट होनी चाहिए कि वे अपने जीवन के लिए किसी भी प्रकार की शासन-व्यवस्था को चुन सकें। सभी व्यक्तियों की स्वतन्त्रता का सिद्धान्त ("सभी मनुष्य समान हैं...सभी मनुष्यों को जीवन, स्वतन्त्रता और खुशी पाने का अधिकार है") जिसे अमेरिका के संविधान में अंकित किया गया है, आज इस विश्व के लगभग सभी संविधानों का उद्देश्य है।

इस भावना ने विश्व के अन्य बहुत-से लोगों को भी अपनी राजनैतिक स्वतन्त्रता के लिए लड़ने की प्रेरणा दी और इसके कारण अनेक दलित लोगों का उद्धार हुआ है तथा अनेक गुलाम देशों ने राजनैतिक स्वतन्त्रता प्राप्त की है। सौ वर्ष पहले अब्राहम लिंकन भी गुलामों को स्वतन्त्र करने के लिए इस भावना से प्रेरित हए थे। यह वही व्यक्ति थे जिन्होंने यह घोषणा की थी कि किसी भी राष्ट्र के लिए यह संभव नहीं है कि वह आधा स्वतन्त्र हो और आधा गुलाम। यह उन्हींका साहस था कि उन्होंने अपने सिद्धान्त पर अमल किया। संविधान में इस प्रकार की बातों को अंकित करना बहुत आसान है लेकिन उन्हें कार्यान्वित करना उतना ही कठिन है।

आज भी यह लक्ष्य अपनी जगह कायम है। मार्ग भी सुलभ है और अब हमें यह प्रयास करना हैं कि इस विश्व में कोई भी व्यक्ति गुलाम ने रहें। अन्तर्तम प्रकाश के प्रसिद्ध सिद्धान्त का प्रत्यक्ष परिणाम यह है कि यह कृत्रिम असमानताएं, जिनके नीचे लोग तपे हैं या स्त्रियों पर अत्याचार हुए हैं, पूरी तरह से मिटा दिए जाएं।

इसलिए न केवल राष्ट्रों की राजनैतिक स्वतन्त्रता बल्कि सभी मनुष्यों की सामाजिक समानता की धारणा भी प्रत्यक्ष रूप से शान्तिस्थापना-सम्बन्धी सिद्धान्त या अन्तर्तम के इस सिद्धान्त से ली गई है कि प्रत्येक व्यक्ति को उच्चतर आध्यात्मिक जीवन जीने के लिए समान रूप से सक्षम समझना चाहिए। इसमें कोई सन्देह नहीं कि इस वक्त हम सभी लोग भ्रम के शिकार हैं। हम यह मानते हैं कि सुरक्षा के लिए शस्त्रास्त्र जमा करना बहुत ज़रूरी है। यह भी समझते हैं कि शस्त्रास्त्रों का यह भंडार गलती से या दुर्घटनावश मानव जाति के विनाश का कारण भी बन सकता है। हम जानते हैं कि प्रत्येक मनुष्य में दो परस्पर-विरोधी भावनाएं होती हैं। मनुष्य एक आत्मविरोधी व्यक्ति है जिसमें गौरव

और नीचता, दोनों की ही बातें हो सकती हैं। वह इस सृष्टि का सबसे श्रेष्ठ प्राणी है और साथ ही सबसे नीच भी।

मनुष्य में ये दोनों परस्पर विरोधी भावनाएं हैं। इसलिए आवश्यकता इस बात की है कि मनुष्य में समन्वय स्थापित किया जाए और इस बात का प्रयत्न किया जाए कि ईश्वरीय गुण उसके सम्पूर्ण जीवन पर छाए रहें और निकृष्ट प्रकृति की निम्नतम वासनाओं पर रोक लगाई जाए, उनका दमन किया जाए ताकि मनुष्य अपने गौरवपूर्ण भविष्य का स्वयं साक्षी हो सके। यही कारण है कि हम और आगे बढ़ना चाहते हैं। हमने अभी अपना लक्ष्य प्राप्त नहीं किया है। हम संघर्षरत हैं और रास्ते पर आगे बढ़ रहे हैं। प्रकाश भी है और अन्धकार भी है। ये दोनों तत्त्व प्रत्येक मनुष्य के भीतर एक-दूसरे के साथ संघर्षरत हैं और यह ज़रूरी है कि अंधकार को पराजित किया जाए और गलतफहमी की धुन्ध को मिटाया जाए ताकि प्रकाश हमारे सभी कार्यों को प्रकाशमय बना सके।

मुझे विश्वास है कि यदि ईश्वर के प्रति हमारा विश्वास सचमुच सच्चा है और यह किसी भी लाभ के लिए नहीं है बल्कि यह उस आग की तरह है जो हमारे भीतर पुरानी घटनाओं को भस्म कर रही है और हमारी प्रकृति का कायाकल्प कर रही है तो आप यह मानेंगे कि आपके लिए यह काफी नहीं है कि आप विश्व को ज्यों का त्यों अपने अनुरूप बनाएं बल्कि आपको अपनी सम्पूर्ण प्रकृति में परिवर्तन लाना होगा, जिसके परिणामस्वरूप हम सदियों की अपनी आदतों को बदल सकेंगे और यह देख सकेंगे कि एक ज़माने में जो बात संभव थी आज उसकी तनिक भी अनुमति नहीं दी जा सकती क्योंकि इससे भयानक और विनाशकारी दुष्परिणाम होने की आशंका है।

परिस्थितियां बदल गई हैं। एक ज़माने में युद्ध का प्रयोग न्याय की स्थापना के लिए किया जाता था, लेकिन न्यूक्लीय संदर्भ में युद्ध को सहन नहीं किया जा सकता। न न्याय रहेगा और न अन्याय, बल्कि इस न्यूक्लीय युग में मानवता ही नष्ट हो जाएगी। इसलिए यह ज़रूरी है कि मनुष्य, जिसने कितनी ही बार अपने आपको परिवर्तित किया है, एक बार फिर अपने में परिवर्तन लाए। वह इतिहास के एक ऐसे महत्त्वपूर्ण दौर में खड़ा है जहां मानवता को एक नये युग का सूत्रपात करना है। इसलिए उसे अपनी राष्ट्रीय और अन्तर्राष्ट्रीय आचरण की धुरी को ही बदलना होगा। यदि मनुष्य को ज़िन्दा रहना है तो उसे अपने में यह परिवर्तन लाना होगा, यदि वह यह परिवर्तन नहीं लाता है तो उसका नामोनिशान बाकी नहीं रहेगा।

हमारा अन्तर्तम प्रकाश हमें अपने-आपमें परिवर्तन लाने की सम्भावना की ओर संकेत करता है। इतिहास साक्षी है कि हममें अनेक बार परिवर्तन हुए हैं। आखिर वह क्या चीज़ है जो हमारी प्रगति का कारण बनी, जिसकी वजह से हमने तमाम उपलब्धियां हासिल कीं और जिसके कारण हम इस विश्व में एकता स्थापित करने में कामयाब हो सकते हैं और यही

एकता हममें से प्रत्येक को खाना, कपड़ा मुहैया करेगी। सम्भावनाएं हममें मौजूद हैं। यही वह अन्तर्तम का प्रकाश है जो हमें कदम-दर-कदम एक अवस्था से दूसरी अवस्था की ओर बढ़ने की प्रेरणा देता है और बदलती हुई परिस्थितियों में अपने-आपको समायोजित करने में हमारी मदद करता है। यही वह शक्ति है जो अतीत में अनेक बार व्यक्त हुई है और यही हमें यह आशा प्रदान करती है कि अगर हम सच्चे हैं, ईमानदार हैं, अनुशासित हैं और निष्ठावान् हैं तो हम एक नये विश्व, बदलते हुए विश्व को ला सकते हैं जिसमें एक मनुष्य दूसरे मनुष्य से भयभीत नहीं होता। हर मनुष्य दूसरे मनुष्य को प्यार करेगा और एक ऐसे नये विश्व का निर्माण करने में सहायक होगा जिसपर मानवता नाज़ कर सकेगी।

यही वह सिद्धांत है जो मनुष्य को, अपने-आपको मात्र एक पदार्थ के रूप में, या घटनाचक्र की एक कड़ी के रूप में या कृत्रिम या दैवीय आवश्यकताओं के शिकार के रूप में न देखने का निर्देश देता है बल्कि उसे यह सिखाता है कि मनुष्य को प्रकृति पर निर्णय करने का अधिकार है। मनुष्य प्रकृति का मात्र एक टुकड़ा नहीं उसमें गैरप्राकृतिक अंश भी मौजूद हैं। वह प्रकृति को काबू में करता है, प्रकृति को बदलता है, तोड़ता-मरोड़ता है और उसे अपने आदर्शों के अनुरूप बना लेता है।

मनुष्य व्यक्ति भी है और आदर्श भी। अगर हम उसके व्यक्तिनिष्ठ चरित्र, आंतरिकता या स्वतन्त्रता की अनदेखी करें तो इससे हम स्वयं ही नष्ट हो जाएंगे। अतीत की सीख हमें यह आशा प्रदान करती है कि हम अपने भविष्य को अपने अनुरूप बना लें ताकि हम आज जो वर्तमान हैं कल उससे भिन्न हों। हमें पुराने आचरणों को विरासत में स्वीकार करने की आवश्यकता नहीं है। हम बदलती हुई परिस्थितियों के साथ और नये वातावरण के साथ अपने-आपको समायोजित कर लेंगे और यह समझ लेंगे कि इस नये वातावरण में पुरानी लीक पर चलने का मतलब है मानवता का विनाश। अगर हम इसको समझ पाएं तो हम अपने-आपको और इस विश्व को बदलने में समर्थ हो जाएंगे और एक ऐसे विश्व की स्थापना करेंगे जिसमें शांति और मैत्री का संदेश गूंजता हो।

विश्वविद्यालय में हमें यह सिखाया जाता है कि हम एक-दूसरे से सीखें, एक-दूसरे के बारे में जानें, अन्य लोगों के विश्वासों और कार्यों को समझें और आपसी सामंजस्य स्थापित करने की कोशिश करें। सभी धर्म, सभी संस्कृतियां, सभी सभ्यताएं एक दिन मिलकर एक हो जाएंगी और हम यह देख पाएंगे कि भले ही हममें एकरूपता न हो, फिर भी हममें मेल-मिलाप और एकता की भावना है और हम सब मानते हैं कि मानवता के आध्यात्मिक जीवन के पोषण के प्रमुख कार्य में हम सब भागीदार हैं, सत्ता या आधिपत्य के लिए प्रतिद्वंद्वी नहीं हैं।

मैं यह मानता हूं कि आज के उभरते हुए नये विश्व के लिए एक प्रकार के बौद्धिक सहयोग की अत्यन्त आवश्यकता है। इस शताब्दी का आरम्भ बड़े आत्मविश्वास के

साथ हुआ था, किन्तु पहले विश्वयुद्ध ने इस विश्वास को खण्डित कर दिया। बाद में हम शून्यवाद, भ्रम और उत्तेजना के दौरे से गुजरे, हमारे सामने कोई उद्देश्य न रहा और इस बीच दूसरा विश्वयुद्ध शुरू हो गया। और दूसरे विश्वयुद्ध के बाद आज हम शीतयुद्ध के दौर से गुज़र रहे हैं।

आज दो गुट एक-दूसरे के सामने खड़े शस्त्रों की होड़ में लगे हैं और बजाय आपस में समझौता करने और विश्व को विनाश से बचाने के सारे विश्व को विनाश की आशंका से भयभीत कर रहे हैं।

विज्ञान, अध्यात्मवाद या धर्म तीनों ही हमें मनुष्य की व्यक्तिगत स्वतंत्रता का पाठ पढ़ा सकते हैं। जब यह कहा जाता है कि वैज्ञानिक विकास का अर्थ है परावलम्बिता का महत्त्व या वातावरण का महत्त्व, तो हमें इस प्रकार की अफवाहों का खण्डन करना चाहिए और कहना चाहिए कि "वैज्ञानिक मनुष्य की दायित्व की भावना को उजागर करता है। मनुष्य की वातावरण पर विजय पाने, उसे बदलने और उसे अपने उद्देश्यों और आकांक्षाओं के अनुरूप ढालने की क्षमता को प्रकट करता है। वह अपनी भौतिक सीमाओं से आगे बढ़कर प्राकृतिक आवश्यकताओं का शिकार होने से बचाने का प्रयत्न करता है। वह प्रकृति के हाथ का मात्र खिलौना या एक अंश बनकर सन्तुष्ट नहीं रह सकता। वह मनुष्य की आत्मा की निजता, स्वतन्त्रता और व्यक्तिनिष्ठता में विश्वास करता है। वह यह मानता है है कि मनुष्य व्यक्ति और पदार्थ का यौगिक मिश्रण है।"अगर हम अपने व्यक्तिनिष्ठता के गुणों की अनदेखी करें और उन्हें केवल एक वस्तु, मशीन या पदार्थ के रूप में समझें तो हम अपने-आपका अमानवीयकरण कर लेंगे।

इस विश्व में ऐसी कितनी ही घटनाएं हो रही हैं, जिनसे अमानवीयकरण की प्रक्रिया को बल मिल रहा है। ये घटनाएं हमें यह मानने के लिए विवश कर रही हैं कि मनुष्य का घटनाचक्र पर कोई बस नहीं है। मनुष्य कुछ भी करे, घटनाचक्र अपने क्रम से आगे बढ़ता ही जाएगा, अगर आप विश्व-इतिहास के पत्ते पलटें तो पाएंगे कि इस विश्व में आज तक सारी प्रगति मनुष्य के प्रवर्तन, इच्छाशक्ति, वातावरण पर अपनी श्रेष्ठता प्रमाणित करने और इस विशेष प्रवृत्ति के कारण हुई कि "मैं प्रकृति के आगे कभी समर्पण नहीं कर सकता, मेरे लिए स्वतन्त्रता अधिक मूल्यवान् है, मैं बलप्रयोग से बचना चाहता हूं, भले ही यह बलप्रयोग ऐतिहासिक, वैज्ञानिक, प्राकृतिक या पर्यावरणीय कारणों से ही क्यों न हो, लेकिन मेरी इच्छा है कि मैं इनसे अपने-आपको बचा लूं।" प्रकृति पर विजय पाने की अदम्य वैज्ञानिक इच्छा ही मनुष्य की स्वतन्त्रता की आकांक्षा है।

आध्यात्मिक इच्छा की वास्तविकता का आधार भी बिल्कुल यही है कि मनुष्य प्रकृति और कालचक्र के चंगुल से अपने-आपको मुक्त करे। विश्व के सभी अध्यात्मवादी, भले ही उनका आधार धार्मिक भावना हो या कोई और विरोधी भावना, हमेशा एक ही बात पर ज़ोर देते रहे हैं और वह है, हम किस प्रकार ह्रास और विनाश की ओर ले जाने वाली

प्रवृत्तियों से छुटकारा पा सकते हैं ? हम किस प्रकार मृत्यु से बच सकते हैं ? अध्यात्मवादी कहते हैं, "अगर काल ही अंतिम है और यह विश्व प्रलय और सृष्टि का मात्र एक क्रम है, अगर यह अपरिहार्य है, अगर हर चीज़ नाशवान् है तो क्या इस विश्व का कोई मूल्य है ? इस विश्व की कोई सार्थकता है ? क्या हम केवल कालचक्र के ही शिकार होते रहेंगे ? क्या कोई लक्ष्य भी है ?"

मृत्यु और विनाश कालचक्र की क्रूर नियति हैं और इनसे बचने की इच्छा ही इन सब प्रयत्नों का आधार है। एक महान् अध्यात्मवादी ने कहा था, "जो लोग इसपर विचार नहीं करते उनके लिए यह एक क्षणभंगुर भय हो सकता है, लेकिन जो लोग सोचते हैं, मनुष्य की अवस्था पर गंभीरतापूर्वक विचार करते हैं, उनके लिए यह एक मौलिक भय है, जिसकी जड़ें हमारे भीतर हैं।" क्या इस भय से हम छुटकारा नहीं पा सकते ?

इसका उत्तर यह है कि हम इससे छुटकारा पा सकते हैं। सभी अध्यात्मवादियों और सभी धार्मिक संतों का यही विश्वास है। इस मृत्यु की देह से मेरी कौन रक्षा करेगा ? सूली पर चढ़ाकर अपना बलिदान करने वाले भगवान् के शब्द भी इस विषय पर अन्तिम शब्द नहीं कहे जा सकते। यीशु ऊपर उठ गए हैं। दूसरे शब्दों में कह सकते हैं कि आत्मा अमर है और उसपर कालचक्र का कोई प्रभाव नहीं पड़ता। आत्मा सभी चीज़ों से ऊपर है। यह उस दिव्य अग्नि की चिंगारी है जो प्रत्येक मनुष्य के अन्तर्तम में विद्यमान है, जिसमें कोई परिवर्तन नहीं होता और जो प्राकृतिक आवश्यकताओं की भी मोहताज नहीं है।

इसलिए जब लोग यह कहते हैं कि भविष्य अपरिहार्य है, इन्सान के हाथ में तो कुछ नहीं है, वह तो प्रकृति का दास है, तो ये लोग मानवता या हमारी प्रगति के सम्पूर्ण इतिहास की अवहेलना करते हैं। हर अवस्था में प्रगतिशील, मुक्त और ज़िम्मेदार मनुष्य वातावरण पर अपनी श्रेष्ठता सिद्ध कर ही लेता है।

इसलिए आज इस गतिरोध की अवस्था में, जब हमारे पास न्यूक्लीय शस्त्रों के घातक भण्डार भरे पड़े हैं और जब लोग दुर्घटनावश या गलती से किसी अव्यक्त आशंका की ओर संकेत करते हैं तो हम प्रत्येक व्यक्ति में निहित इस चिंगारी की अनदेखी कर देते हैं। हम यह मानने लगे हैं कि सुनहरे भविष्य का तो प्रश्न ही नहीं है और न ही मनुष्य अपनी असीम क्षमता से भविष्य की अपरिहार्यता को मिटा सकता है।

जहां तक मनुष्य का सम्बन्ध है, उसके लिए अपरिहार्य जैसी कोई चीज़ नहीं है। हम मनुष्य की प्रकृति को अपमानित कर रहे हैं, उसका अमानवीयकरण कर रहे हैं और मानवता को यंत्र मानव बनाकर छोड़ रहे हैं। वास्तव में यह बात सम्पूर्ण विज्ञान, अध्यात्म और धर्म के खिलाफ है। मेरा विचार है कि विज्ञान को भी हमें यह मनवाने का प्रयत्न नहीं करना चाहिए कि पदार्थ सर्वशक्तिमान् है और आवश्यकता भी सर्वशक्तिमान् है। इससे मानव मन की श्रेष्ठता का पता चलता है। अगर मानव मन अपनी मानवता को छोड़ देता

है और अपने-आपको एक पदार्थ के रूप में परिणत कर लेता है, हठधर्मी हो जाता है और मानव प्रकृति की रचनात्मकता में अन्तर नहीं हो सकता। जब वह असीम सम्भावनाओं को मानने से इनकार कर देता है तो वह मात्र एक पदार्थ बनकर रह जाता है। इस विषय में ईश्वर नाम की ऐसी कोई चीज़ नहीं जो भावी घटनाओं का पूरी तरह से नियमन करती हो। हम उस दिव्यात्मा के सहयोगी निर्माता हैं। हर वैज्ञानिक, हर औद्योगिकीविज्ञ सह निर्माता है। वह जो कुछ भी करता है ईश्वर के अबाध अधिकार की तरह ही करता है। ईश्वर मनुष्य का उपयोग करता है। प्रत्येक मनुष्य के भीतर एक अमर चिंगारी या रचनात्मक तत्त्व मौजूद है। अगर हम उसकी अनदेखी करें तो हम अपनी ही शिक्षा और अपनी ही मानवता के प्रति झूठे और बेवफा हो जाएंगे।

इस विश्व का उद्देश्य है, मनुष्य को एक ऐसी व्यक्ति चेतना के रूप में परिवर्तित करना जो सभ्य हो, क्रूरता में विश्वास न करती हो और मनुष्य पर अनावश्यक रूप से किए जाने वाले अत्याचारों का डटकर विरोध करती हो। जब तक सभी असमानताएं मिट नहीं जातीं, बुराइयों को जीत नहीं लिया जाता तब तक मनुष्य का काम अधूरा है और वह अपने इस अधूरे काम को अपने अंतर्तम में निहित ईश्वरीय या दिव्यशक्ति से ही पूरा कर सकता है। यह शक्ति हमारे भीतर असुर शक्तियों से संघर्ष कर रही है। जितना अंधकार है उतना ही प्रकाश भी है और जब तक मनुष्य अपनी सच्ची आत्मा का प्रतिनिधि नहीं बन जाता, तब तक प्रकाश अंधेरे को लील नहीं सकता।

•••